三民叢刊188

詩與情

黃永武 著

三民書局印行

序

黃永武

詩以情為本，情有男女的愛情、家人的親情，更有入世的世情，出世的忘情。千百種世態人情，便寫成了千百種詩，其中以男女愛情最撼動人心，因而情詩也特別受人青睞。

中國古代由於社會制度特殊，情詩並不發達，十幾年前我發表《中國情詩論》以來，一直留心摘錄真正的古典情詩，雖於《抒情詩葉》、《詩林散步》、《詩香谷》乃至《愛廬小品》裏，迭有引述，但篋囊中採擷尚多，應該編綴成一長掛串珠，供深情的讀者歌詠玩賞。

我採集的古典情詩，與一般坊間的書冊大大不同，因為要賞析中國古典情詩，常易犯三種弊病，令我警惕：第一是「寫來寫去同是那幾首」，腹笥太窄，重複便是庸俗，令人厭倦。第二是「不是情詩，硬說情詩」，指鹿為馬，牽強便是做假，令人錯愕。第三是「扯上一大段與情詩無關的雜感」，自說自話，扯淡便是無聊，令人迷糊。

因此本書中所錄情詩，希望首首如新摘的茶筍，簇新可喜，不隨著人云亦云。首首是兩性相悅的男女之情，不至於真偽莫辨。首首解說精簡，切緊詩旨，不流於無的放矢。在〈明代情詩欣賞〉與〈明清情詩零拾〉二文中，共計兩百餘首情詩，都沒有與坊間本情詩雷同處，也絕少與我以往各書中引述的情詩有重複處，期使提供給讀者全新的視野與怡然的感受。中國古典情詩數量雖不多，但本書所錄，約略可以展現明清二代豐碩的蘊藏量。

書中所附〈愛廬小品引用詩句考〉、〈生活美學引用詩句考〉及〈詩歌對仗的美〉，其中引用處世的警句甚多，入世的世情，常因一兩句精警的詩句而靈心濬發。《愛廬小品》、《生活美學》等書深為讀者喜愛，其中文篇常被轉載或選入教科書，為了節省讀者考查原典出處的時間與精力，特注明各警句的來源，以免在龐雜的古典書海中難以尋覓。另一篇〈沖邈上人翠微山居詩欣賞〉則論及出世的忘情，沖邈詩乃屬宋詩輯佚中的珍寶，一并附載。

《詩與情》這書是我近十年來研讀明清詩文集時的副產品，努力寫作小品文時，涉獵頗廣，見到情詩佳句，隨手選摘，不期然盈筐盈箕，理應別成專冊。唉，韶華易老，肝膽依舊，現在歲月雖成了餘年，文章雖成了餘事，但讀書筆札尚多餘興，默察浮生尚多餘情，篋囊中猶多餘稿，於是取出這六篇合印為《詩與情》。

中華民國八十七年四月於臺灣臺北

詩與情 目次

❖明清情詩零拾　31

明代情詩欣賞

一

情詩是性愛的昇華，性愛雖凡夫皆能，情詩則靈性獨具，情詩中有峻烈的德操，有剛毅的血性，有靈動的比況，有感人的苦心。從情詩中可以感知超越的人性與高度的藝術。

詩的根本就在情，詩與夢一樣，儘管有種種變貌，而愛情實在是詩與夢的基本核心。而情之所鍾，最在詩人兼戀人，他們多夢想、多熱情、多遐思、多感受，所以也多不能自已的真情流露，於是有情詩誕生。明人吳鼎芳說：

> 情之所鍾在慧男子，慧則感，感則欲，欲而不得則發于纖辭曼語，歌詠節族而不能已矣。《洞庭吳氏集選・情詞選序》

吳氏道出了情詩的由來，慧深則感深，感深則欲深，欲深而不得則情詩自然奔騰萬狀，有移山倒海、呼地搶天的藝術景觀。不過吳氏強調情詞都作於「慧男子」，那是明代女子教育尚不普及，而「自媒」的行為極受社會歧視，如果沒有這些偏頗禁忌，情之所鍾當然亦在

「慧女子」的。

但情詩在中國並不發達，自由戀愛的風尚還不及百年，在漫長的詩歌發展史中，愛情的描述極受壓抑與訕笑，我在十年前寫過一篇〈中國情詩論〉的文章，收在《讀書與賞詩》一書中，詳析中國情詩不發達的原因，簡略言之，如：

㈠中國古代的婚姻制度，使男女感情產生於婚後，缺乏婚前企慕戀執、懸而未決的戀愛歷程，折損了情詩的強烈動力。

㈡情詩都變成婚後男方的「憶內」、「悼亡」，或女方的「閨怨」、「守節」。不然，情詩竟專為婚外情的「姬妾」與「歌妓」而寫，儘管寫得「花英滿座、月色半簾」，其中「靈」的層次減弱，而「色」的成分高漲。

㈢情詩又大部分為「君臣」、「朋友」的感情所假託，「還君明珠」、「千里相思」都成了同性間的酬應語句，真正的男女戀愛作品，反不敢公然發表，即使有，亦轉稱「無題」、「夢游」或託為「七夕」神話，若有詩人將真實情詩公開流傳，則表示謝絕功名前途的一種狂誕行為。

㈣中國人凡事講究含蓄，對情詩的看法亦然。詩評家把宣揚情愛與流布「綺語」，作為「輕薄」的深戒，認為是一種孽障，更有所謂「情多不壽」、「恩愛必離」的恐嚇。所以情詩的作者自己既不敢創作留存，即使留存，詩集的編選者又往往以「雅正」為圭臬，而將這些「風花」的作品刪卻不錄。

由於如此的婚姻制度、社會倫理及文藝風氣，使得寫情詩的詩人在中國是倍受壓制的，寫了情詩的「慧男子」尚且忸怩不安，沒有勇氣發表，何況「慧女子」呢？明代的王淑端雖纂成《名媛詩緯初編》，中間不乏「慧女子」的情詩，但她在編輯時仍不免浩歎說：「情之一字，誤盡天下聰明人！」

好的情詩，往往是出於這些所謂「被情字誤盡」的詩人，明代的李流芳，在《檀園集》裏自供說：

> 余往時為情癡，好為情語，至取「僕本恨人，終為情死」一語，刻為印記。

情詩就是要出乎這類「生死以之」的情癡才可貴，「好為情語」原來是詩人的本色，只有這種至情至性的詩人，才肯在當時的社會裏坦白地承認。且看他寫的情詩：

> 不忍與郎別，又不隨郎去，只是牽郎衣，躊躇復不語。
>
> 儂如車腳泥，棄置亦不安，郎如失林翼，孤棲亦不歡。（〈隴上別〉八首錄二）

寫自己與妻子分離時，忍淚牽衣，雙方互感失落無依的感受，真樸而動人，不怕旁人訕笑，不怕「恩愛夫妻不到頭」的嫉妒，把真情實感寫出來，在當時是無比勇敢的行為。

中國詩史上，幸好仍有詩人頑強地說：「多情拚折才華福」（見趙馭卿《醒蘭館詩稿》），他們寧可拚折掉福緣，使天才潦倒，也要把多情的詩句留傳下來，不畏鑄錯，不負佳人，所以情詩在中國，理應倍受欽佩才對。

至於情詩在正統詩評家眼中，是「叛道」的行為，所謂「妙思盡屬綺語，佳什盡為口業，既墮有情之境，寧為得意之言？」（見郭正域序俞安期《翏翏集》）這種想法隨著文藝思潮的自由開放，自然已經是非相反，莎士比亞、雪萊、拜倫的情詩，是西方文學的瑰寶，徐志摩給陸小曼的情詩，也成為新文藝的佳作，即使胡適寫的小詩：「也想不相思，可免相思苦，幾次細思量，情願相思苦。」也樂為人所傳誦。胡適的詩，很像清人張涵中寫的〈擬古相思〉詩的前四句：「相思不相見，不如不相思，明知相思苦，纏綿又遠之。夢回倚枕處，花落無言時，妾意祇如此，君心知未知？」（見《鑒悔齋分體詩錄》），也和明人俞琬綸寫的〈山坡羊詞〉同一感受：「若可解的相思，定不是相思十分。」（見《自娛集》）胡適勇開風氣，受人禮敬，那麼清人明人寫情詩，更應給予肯定與禮讚才是正確的。

近年大陸上以錢仲聯領銜編了一部《古代情詩鑑賞辭典》，用意很好，只可惜號稱為「辭典」，內容嫌貧乏，對於整個明代的情詩，竟只列四首應卯，似乎不明白中國古代的情詩以明代最蓬勃，明代敢真名實姓發表情詩的詩人也最多，我在《抒情詩葉》、《詩林散步》、《詩香谷》中，已特別選錄過一些，本文所述，仍特以明代為主，並再專錄那些從未被人提及過的情詩，不但能一新耳目，並希望能擴大對中國情詩的視野。

二

樂府是中國情詩的總滙，因為樂府緣起於質樸的民謠，敘述男女的愛恨怨慕，十分坦率而自然，這些篇章大抵創始於民間故事或傳說，作者不必顧及身份體面，沒有迴避塞責的顧慮，因此留傳下不少作品。樂府中像〈長相思〉、〈采蓮曲〉、〈懊儂歌〉、〈自君之出矣〉等，題目就專為情詩而設，所以後代要寫情詩的人，就著原有的樂府題目撰述，推說「擬古」、「古意」、「古辭」或「竹枝詞」、「桃枝詞」，也就大方地把情詩留存在自己的詩集裏，這類作品可能佔了情詩的很大比例。

試看明人錢仲舉的〈子夜歌〉：

涉江采蓮花，花落不自守，空餘蓮子心，辛苦為君剖！（見《麗矚樓集》〈子夜歌〉十首之九）

蓮是中國的愛情花，花容是女貌，采蓮諧音睬憐，蓮子諧音為憐子，是憐愛你的意思，蓮房雙關著娶房媳婦，蓮藕諧音為配偶，蓮柄有刺，蓮子的薏是苦的，都比喻著愛情的滋味，藕絲諧音為相思，蓮的根實花莖全是愛的象徵。本詩也以涉江辛苦地采蓮，蓮采來了，不久就花落色衰，只剩著蓮花的心結成了蓮蓬，裏面蓮子的苦心，等著你來剖開審視，愛一個人，就是愛她的心，她的容貌不久就改變，只有心是值得永遠珍視的。

再看明人陳鴻的〈古辭〉：

庭前莫種樹，儂怕是相思；園中莫種筍，儂怕是生籬！（見《秋室編》）

樂府詩的趣味，常在字音的雙關上，音在此而意在彼，引起會心的微笑，是這類詩的目的。庭前最好不要種樹，為什麼？我怕你種的是相思樹！不是怕相思樹，實在是怕害相思病。「相思」樹與「相思」病，是字義上的雙關；園子裏最好不要種筍，為什麼？我怕筍會生成一排竹籬笆！不是怕生竹籬笆，實在是怕生離死別！生「離」與生竹「籬」笆，是字音上的雙關。一經點透，就饒生韻味。

又如明人顧木的〈子夜夏歌〉二首：

儂如紅蓮花，歡如綠水濤，隨波東西流，花搖根不搖。

本是異鄉人，卻作同心結，兩意如新筍，一節高一節。（見《淮漢燼餘錄》）

同樣以蓮花竹筍起興，寫愛情的貞定，與婚後的情濃。你是東流西流不定的綠水，我仍是花搖根不搖的紅蓮。你雖是異鄉的人士，籍貫在愛情裏是毫無意義的符號，愛可以包容異國，何況是異鄉而已，兩情相悅，超乎地域，雙方的心意如新發的筍芽，一節高於一節，愈抽愈長！

又如明人董斯張的〈懊儂歌〉：

蓮子比儂心，蓮花比歡容，歡雖共人語，凝睛卻射儂！

曉郎顧盼意，人前笑難支，當風掛蛛網，何繇定所思！（見《扶輪集》）

單是一株蓮花，就有寫不完的情歌，自己稱為「儂」，心愛的人稱為「歡」，蓮子的苦心比作我自己，蓮花的光彩比作心愛的你，你表面上只在和許多人東談西扯，暗底裏卻用凝神的眼睛不時地射向我來！當我領受了你這份不時顧盼著我的心意，我只有假裝不在意，但不知為了什麼，讓我在別人面前，總是禁不住開口就笑，笑得連自己也禁止不住，笑得讓人人都猜測我吃了什麼開心藥？這不就像當著風口去結網的蜘蛛，想讓那根絲在風裏定一定是何等困難呀！絲雙關著思，先把思字寫出來，使絲的顫顫抖抖與思的纏纏糾糾合而為一了。末尾的比喻的確很生動，可惜與宋代嚴羽在《滄浪吟集》中所寫「蛛網掛風裏，遙思無定時」的句意太相似，使比喻的新銳性減弱。

明人范文光的〈雜曲〉，把握了特別的一景：

恩人情多忘，讐人意不化，欲歡長記儂，臨別故作罵！（見《扶輪集》）

愛的確感人深，但是恨感人更深，多少恩人的情意我們都忘記了，但絲毫仇恨的事件，就僅持在心意深處不肯化解，這是人性的危險脆弱處，基於恨比愛更深這一點認識，我希望你能長期的記著我，我不用愛來維繫它，我要借用恨來深化它，所以在臨別的時候，不用吻，不用淚，而偏要用罵！罵是為了讓你印象深刻，這罵原來是千萬倍的愛。樂府詩總是很淺顯，卻淺得十分俏皮。

再看明人華淑的〈讀曲歌〉二首：

同心一線穿，宛似木患子，隨手百八粒，顛倒無終始！

歡早冒霜去，單眠不得寢，爐灰語過炭，汝寒我亦冷！（見《扶輪集》）

在情人的眼裏，所見萬端，無一不是可作情愛的比喻，蓮花柳絮，固然是情愛，連枯木與死灰，也一樣是情愛。隨手捻著一串「木患子」，患字往往通作串，木患子就是一串穿心的念佛珠，這一百零八顆木珠子，卻是同心地一線貫穿的，看在情人眼裏，不就是異體而同心的情侶嗎？兩人同心，分不清誰倡誰隨，誰唱誰和，我為你顛倒，你為我倒顛，纏糾不分，無有終極，隨手百八粒，地久天長，互為終始，永遠也數不完的纏綿聯體！

圓滾滾的木珠是情愛，熱火火的木炭當然更是情愛。但本詩卻寫熱情已過去，火焰已燒完的「過炭」，和燃成死燼的「爐灰」，爐灰對過炭說：你很寒，我也很冷。原來心愛的人冒著霜離去，歡樂與熱情立即凍結，單眠的我感受到比霜雪裏還冷，一時全似熄滅已久的炭灰，只在較量誰比誰更冷罷了。

再看明人汪淮的〈長相思〉：

長相思，思轉深，焚香獨坐鳴瑤琴，調絃欲奏求凰曲，弄指翻成別鶴吟，思君不得見，淚下霑衣襟！（見《詩林摘秀》）

這首清淺的求愛曲中，借用了樂府〈求凰曲〉與琴操的〈別鶴操〉，一寫鳳求凰的追求，一寫恩愛永離的悲痛。二個曲名相對仗，很自然地聯成追求與幻滅一始一終的情節，於是長夜焚香獨坐，暗暗祝福，想著心愛的人只能思念而不能相見，淚水禁不住霑濕衣襟。

三

以樂府為題表現的情詩，很難分辨其中若干成分是為了藝術上的模擬，若干成分真是為情愛鬱積所觸發。詩人彷彿是站在冷靜旁觀者的立場而寫，真正因情愛灼痛而心池激盪的作品，常是噴口而出，淚與血迸，則不一定會選擇樂府為題的。但以樂府為題，好像是擬古的習作，反而容易大方地刊入詩集，不然，張揚情詩便恐人訕譏，就較難留存下來，因此真正寫玉豔花嬌的少年情懷作品並不多見，就今天來說也就尤加珍貴。

明末的陳禕永，青春期間寫的情詩不少，後收在《閨詞百首》裏。他在跋文中追憶說：「余方少年，作此狂態，行當焚筆，不令義山浪子遺笑閨中。」正是他一面有些慚惶，說該焚此少作，一面卻暗比李商隱的浪漫，帶著不畏閨中嗤笑的驕傲，還是捨不得「焚筆」而留了下來，可見要刊刻這些情詩，是經過了不少內心的矛盾與煎熬的，試看：

心字香拋銀字箏，回書密密印分明，香雲一縷腸千結，任是無情亦解驚！（見《水鏡集》）

姑且拋開那雅音清樂的銀字箏，暫且不去管它什麼銀字譜、銀字調，燃起心字形狀的一瓣心香，真誠地寫給我一封回信，回信的字跡密密麻麻，總是紙短情長，嫌不夠寫，署名的押印又如此分明可愛，信裏還附來一縷鬢髮，啊，這一縷香雲裏，真寓有迴腸的千百個結，任是無情的人，看了也會因為懂得這份心意而大吃一驚，更何況我這個多情的人呢？

少年收到情人的回函，如何心顫狂喜，在這詩裏表現得很強烈，在《閨詞百首》中，純情的詩都是特別可愛，而作者也毫不掩飾，任其「情至之章，居乎大半」，中年以後，國家亡了，功名事業，全成泡影，更遯入情叢，自供說：「余落拓半生，蕭條空舍，未免有情。」寫了不少〈定情詩贈姬人〉、〈古豔詩為姬人賦〉、〈鴛鴦吟為別姬作〉這些不算正常的情詩，當然都不及少年情詩的純情可貴。

又明代的屈大均也寫了不少〈定情曲〉、〈采蓮曲〉、〈蓮絲曲〉、〈怨歌〉之類的情詩，且看〈有贈〉一首，正寫私心的愛慕：

碧玉相思君已深，雙蓮且寄一枝簪，不愁葉底無甜藕，只要花中有苦心！（見《道援堂集》）

碧玉相思著君，君也相思著碧玉，「雙蓮」正象徵著雙方的相思相憐，互贈著禮物，也互寄著信物以示愛，詩中互勉著信心等待最重要，不怕蓮葉底不長出甜藕來，「甜藕」雙關著暗底裏成長著的願望，成全那甜蜜配偶的願望，只要蓮子裏永保苦心的薏，皇天不負苦心人，即使千難萬難，即使移山倒海，也終必會有達成心願的一天。

女詩人不管「佳名」、「惡名」膽敢寫情詩的當然尤為罕見，明人秦霻就是其一，她的〈梅豆詩〉：

枝頭摘得嗅還思，止渴流酸事較遲，擲向郎懷郎不省，分明苦味要郎知！（見《天下名家詩觀》三集）

戀愛的滋味總是苦多甜少，但戀人們還是甘之若飴。女詩人以一顆青澀的小梅子來作初戀滋味的見證，小梅子還沒長成，只有豆一般大小，把它摘下來嗅一嗅、聞一聞，那青澀的苦味引起了聯想，聯想的不是什麼「望梅止渴」或「梅子流酸濺齒牙」這類的句子，因為那些聯想要等梅子成熟時才會想及的，現在所想的只是一種難熬的苦澀，所以把這梅豆擲向情郎的懷中，情郎不明白擲梅豆的用意，其實分明是要郎知曉我心頭也是同樣的苦味嘛！

另一位明代女詩人小青也寫了不少情詩，小青是虎林某處士的侍姬，本名玄玄，以同姓的緣故，諱稱姓。處士受制於妻，而小青得不到嫡婦的同情，悒鬱而死，死後嫡婦嫉妒小青的詩，把它焚燬，明人蕭師魯偶在錢塘抄得〈小青焚餘草〉十首，每首均予唱和，今且錄小青詩一首：

新妝竟與畫圖爭，知在昭陽第幾名？瘦影自臨春水照，卿須憐我我憐卿！（見《漸宜堂詩》所引）

小青的事跡見於《媚幽閣文娛》，其中有陳翼飛寫的一篇〈小青傳〉。而清初的許承祖在《雷莊西湖漁唱》中，並詳考小青的軼事。而焚餘的此首詩，蕭師魯唱和道：「妝成何必向人爭，最恨昭陽死後名，影寂山孤莫共照，生前那得易呼卿！」唱和的人還不止是蕭師魯，明人翁吉鼎在《権倀小品》也有步韻之作，可見極受詩人的同情與共鳴。小青寫自己新妝初成，足可與圖譜裏的美人相爭，就算排在漢武帝的後宮八區昭陽殿中，該是第幾名呢？這樣的才貌卻只能在春水中顧影自憐是不可以的，你必須憐惜我，我也該憐惜你才對！「卿須憐我我憐卿」這七個字既迴文，又重出，成為膾炙人口的句子。蕭師魯希望小青能「深於情而以情解脫」，勸她不必爭美於妝扮，他把「昭陽」解釋為漢成帝時趙飛燕妹妹所居的「昭陽舍」了。蕭詩感歎男子薄倖的多，敢死敢愛的很少，臨到緊要關頭，保身而退，所以說「生前那得易呼卿」，那個軟弱而護花無力的某處士，敢大膽地說聲「親卿愛卿，是以卿卿」嗎？小青這首詩，後來明人卓人月在《蕊淵集》裏也唱和道：「天教薄命豈能爭，何用爭他身後名，畢竟多情還是影，生天入地只隨卿！」可憐的小青精神倍受刺激後，老愛和自己的影子對話，自言自語，所以卓詩說最多情的只有自己的影子，不管妳昇天或入地，影子會忠實地跟隨著妳，其他不必去爭了，薄命的人又能爭什麼呢？

另一位明代女詩人是女尼性空，她曾寫〈答黃生詩〉：

郎情溫似玉，妾意堅於金，金玉兩相契，百年同此心！（見《名媛詩緯初編》）

這詩可能是女尼年輕時所寫，寫於出家之前的吧？那時對愛情充滿著憧憬，在她眼裏，少年郎的溫情厚意，像玉一般瑩潔無瑕，而她也自信個人的執著堅定，像純金一般堅固不磨，美玉與純金，這金童玉女兩兩的相契相約，必然是百年同心、無邪無二的！詩中的金玉盟誓，可以質諸天神，用簡明的比況，二十個字就道出了地久天長的願望。至於性空為何出家，她對愛情的信仰是否失望了？由於傳記資料的不足，無法妄測。

四

中國古代由於婚姻制度特殊，男女的愛情常在婚後逐漸培養，婚姻的綴合，不僅是男女兩個當事人的事，而是兩個家族親戚兩個姓氏間的大事，婚姻端賴「父母之命，媒妁之言」，所謂「娶妻如之何，非媒不得」，沒有媒人的「自媒」極受非議與輕視。又所謂「大無信也，不知命也」，沒有父母之命，而私訂終身，是視作太無貞信的行為。所以許多男女的情詩，誕生於婚後，伉儷情深之作不少，偶有離別，男喜作「憶內」詩，女喜作「寄外」詩，夫婦的穩實之情，與情人的激越之情，詩趣上多少有些不同。

像明人沈承寫的〈春夢詞〉二首，正是「憶內」一類的作品：

葳蕤一片可憐春，撩亂芳情落紫塵，敬謝東風吹入夢，可能吹夢入伊人？

書中珍重意何如，語不侵私但起居，妾愛小詞卿撰未？臨封添注末行餘！（見毛一鷺《評選即山集》）

第一首詩較難分辨是給情人，還是給妻子的。由於兩首同作，所以這「伊人」仍該是妻子。說：一片茂盛得低垂下來的綠沉沉，這暮春已由可愛而帶點可憐了！枝條撩亂，落英繽紛，在紫陌紅塵裏，心情也因著草香而浪漫起來，我要謝謝東風把妳吹進了我的夢裏，但東風是否也能把我吹進伊人的夢裏呢？把妳吹進我夢裏，我能明白見到；把我吹進妳夢裏，我是不能覺察的，所以這一問，問得很意外，也問得很合理。

第二首寫傳來的家書裏，簡單的一聲珍重，卻全是妻子質樸而忠誠的心意，家書中只寫些日常的起居生活，米鹽瑣屑，沒有一句侵入私情的範圍，洩露私心的秘密，只在全信寫完，正要封寄的時候，在末行的空白處，悄悄添上一句：「我很愛你寫的小詞，你寫了嗎?」想窺測一下丈夫的心情近況，作為千番萬番反覆揣度的依憑，深情的婦人，是可以依賴一句甜蜜的話語，就渡過一生無盡寂寞歲月的。

像明人曹壽奴所寫〈寄外詩〉，附上兩行別淚：

> 去作西湖十日期，經年猶滯謝公池，別來夜夜雙行淚，只有珊瑚舊枕知！（見《靜觀齋集》）

一般的「寄外詩」，都是以溫厚平實為主，像曹壽奴在夫君北行時，只寫下：「百八菩提子，紅絲貫小纓，無眠他夜月，留記遠鐘聲。」託庇菩薩保佑平安，虔誠地祝福，只盼望你在無眠的月夜，留心聽聽遠鐘，極為含蓄。本詩則因預期的十天西湖之遊，怎麼變成整年的謝公池上遊樂了呢?所以告訴丈夫她夜夜流淚企盼，淚珠的多少，只有珊瑚舊枕承受了滴滴答答才最明白了！

「寄外詩」中，有的溫情蜜意，有的則苦口婆心，相傳明人陳少卿妻的〈寄外詩〉：

> 野雞毛羽好，不如家雞能報曉。新人貌如花，不如舊人能績麻。績麻做衫郎得著，眼見花開又花落！（見《皇明詩統》）

後人把妓女叫做「野雞」也許是受本詩的影響，詩中把外妾比作野雞，雖然毛羽鮮美，不如家雞能啼鳴報曉；新寵的麗人，雖然容貌如花，不如舊有的妻子能耐勞績麻。織麻可以做衣衫，郎可以一直穿在身上，而花呢？昨天眼見花開，今朝已眼見花落了！全詩只取尋常的事物，平凡的事理，組合在一起，短暫的花不如久長的麻，像民俗俚語一般地清晰動人。不過陳衍在《元詩紀事》裏認為：據《列朝詩集》，這詩是和尚宗衍所作。

「憶內」的詩，不能寫得太露骨太肉麻，不幸妻子死了，寫「悼亡」的作品，才把滿腔情感盡情傾吐，所以中國的情詩，不集中在「求愛」，反匯集在「悼亡」。

試看明人屈大均的〈哭華姜〉詩二首：

不斷蓮枝不見絲，絲長無補斷蓮枝，他生願作田田葉，捧爾芙蕖出水湄！

啼到無聲血滿枝，杜鵑何似客心悲，英雄自古原無主，不殉佳人欲殉誰？（見《道援堂集》）

蓮枝不到折斷的一刻是看不見絲的！就像妻子不到死去是想不起她有如此多優點的！不幸的是：人總要在失去的時候，才特別珍惜思念起來。「蓮枝」是「可憐的她」，「絲」是「思」，但失去妻子以後，再長的相思也無補於可憐的她，就像再長的「藕絲」也無補於「斷蓮」啊！如果有下輩子，我願化做田田的蓮葉，一生一世守在水湄，只為了捧紅她這朵芙蕖花，能脫俗出眾地照耀著！想來可愛的妻子，這一生是隱藏了才華，隱忍著委曲，白費了天香國色，只知含光韜晦地奉獻給了我。所以下輩子該是輪到我隱身在幕後，全為了她的光彩顯揚，以救贖我的虧欠，並好好報答她一生才對。

第二首寫我與杜鵑一樣，啼呀啼，一直啼到聲嘶力竭，無聲可發，咯血已滿了枝椏，但是杜鵑望帝失位失勢的苦辛，又哪能比得上我失去佳人時的心悲呢？自古的英雄，要把熱血頭顱報答誰，並沒有一定的主人，就看誰贏得英雄真正的傾心許諾，到今天我才明白，一腔的碧血，大好的頭顱，不向妳這佳人許諾殉身，還有誰值得我許諾殉身呢？情詩的可貴，就在這份癡，這份「生死以之」的癡！

女子寫的「悼亡詩」，反而節制哀情，表現得「理勝乎情」，也許這和「寡婦不夜哭」的教訓有關吧？試看明人商景蘭的〈悼亡詩〉：

> 公自垂千古，吾猶戀一生。君臣原大節，兒女亦人情。折檻生前事，遺碑死後名，存亡雖異路，貞白本相成。（見《明詩別裁》）

商景蘭是祁彪的妻子，當初結婚時，鄉里就有金童玉女的稱譽，伉儷相重而相愛，後來祁彪為國事投河自盡，所以妻子說他為了君臣大節，自然垂範千古，而妻子成了未亡人，所以未亡，是為了膝下的二子三女，為了這兒女人情，我還縈戀著一生。「折檻」是用朱雲向皇帝直諫差點被殺頭，攀壞了殿檻的典故，「遺碑」是用羊祜受到人民的懷念，立碑於峴山紀念他的典故，你生前是正直的臣子，死後有榮耀的名聲，現在你我雖在存亡幽明不同的世界，但你白我貞，這兩者原本是一體相成的呀！全詩不多寫情，反多寫義，未亡人反而顯得一身擔當，堅定無比。

女子在悼亡詩中，即使不標榜節義責任，所寫情感仍很節制，這也有點怕惹別人遐思笑話吧？像明人夏允彝侍妾陸氏的〈追悼詩〉：

錦瑟蒼涼憶舊蹤，芳年行樂太匆匆，濃香簾幕圖書靜，明月樓臺笑語通。人並玉壺丘壑裏，才分采筆黛螺中。祇餘華表魂歸去，夜夜星辰夜夜風！（見《明詩綜》）

追思往事的快樂，並推崇良人的德行才筆，深情蜜意只在「笑語通」裏，千萬憶念，也只在「夜夜星辰夜夜風」的不眠之中。

女子「寄外」、「悼亡」的詩，大抵含蓄穩重，以不讓「外子」擔心、不引他人遐想為主，都不能寫得太纏綿悱惻，不幸丈夫久無音信或移情別戀，那麼「閨怨」的作品，春愁就如潮來堤塌，狂瀉而出，所以中國女性的情詩，集中在棄婦的幽怨，寫被愛的幸福者較少。

例如明代女詩人吳琪的〈閨怨贈芳娘〉：

不道腰肢減，俄驚帶縷長！當年嫁時被，悔殺繡鴛鴦！（見《天下名家詩觀初集》）

沒有注意到腰肢已經減小了尺寸，卻忽然在帶縷長出一大截時才驚覺身子的瘦削。如今真是後悔極了：為什麼在當年陪嫁的棉被枕頭上，都繡上雙棲雙宿的鴛鴦呢？

隻身孤零的女子，最怕見儷影成雙的鴛鴦蝴蝶吧？另一位明代女詩人張妙淨寫了〈竹枝詞寄楊廉夫〉：

> 憶把明珠買妾時，妾起梳頭郎畫眉，郎今何處妾獨在，怕見花間雙蝶飛！（見《名媛詩緯初編》）

回憶是何等甜蜜！那時你把我的身價，看得比十斛明珠還重，只憐愛我，不憐愛明珠。我起來梳頭時，你就來幫我畫眉毛，當時愈是你儂我儂的熱絡，現在愈顯得孤房獨守的冷清，如今你去何處了？獨拋下我在這裏，我最怕見到花間雙雙的飛蝶，彼黏此，此隨彼，像在向我嘲笑示威呢！

女詩人的閨怨詩外，當然也偶有像男子的悼亡詩一樣，作向天呼告式的「守節詩」，海枯石爛，守節不渝，乃是情詩中極可貴的感人情愫，如董湄的妻子虞氏的〈詠菊詩〉：

> 移得春苗愛護周，柴桑無主為誰秋？寒苗甘抱枯根萎，羞墜西風逐水流！（見《皇明詩統》）

據《詩統》的記載，虞氏十六歲嫁給董湄，不久湄就夭死，父母惜虞氏年少，要她再嫁，她堅決不肯，做了這首〈詠菊詩〉，守節至五十餘歲才逝世，因此這首〈詠菊詩〉也應該被視作情詩。詩中感謝父母與丈夫的愛護周到，使這菊花的春苗移到東籬之下，但是今天，柴桑山下的陶淵明已經不在了，田園的主人既死，三徑上的松菊為誰去展現秋豔呢？這倍受愛護的菊苗，自然領略到漫漫無邊的寒意，它甘心緊抱著枯根一齊萎死，決不隨著西風飄零，逐著水波漂流，殘紅墜塵，在菊花看來是羞恥的！本詩自然用了鄭思肖「寧可枝頭抱香死，何曾吹墮北風中」的句意，但將遺民為國守節換成寡婦為夫守節，以「柴桑無主」為比喻，仍十分感人。

五

凡上所述，都可說是中國情詩的正格。但由於中國古代的婚姻制度本乎童年的宿命與權威的指令，古代的教育背景無法男女機會均等，以及社會倫理中「君臣」、「朋友」二倫的膨脹，都會扭曲純正的男女情愛，出現許多低俗、借託、篡代的情詩變貌，假情詩的數量遠遠超過純正的情詩。

情詩的變貌之一，是「姬妾」、「歌妓」反倒是情詩戀慕的對象。夫妻婚姻貴在名份的相敬，端莊矜貴，婚後的情語，可讀者不多。姬妾、歌妓遂成為情感奔放的出口，彌補了原本婚姻中許多不足之處，不少詩人是在姬妾、歌妓處才開始染上相思病的。

試看明人俞琬綸的〈感雙詩〉：

重來把酒恨人非，坐向春風憶縷衣，蜂蝶有懷如舊過，幾番怏怏度牆歸！（見《自娛集》）

這是一首失戀後的詩，他曾在曲水草堂裏邂逅侯雙，驚為天人，滿座的花英女賓全像落花，半簾的月色也只為她一人明亮，侯雙那天生的舞腰、斯文的談吐，讓他深深著迷，詩人曾在一張「侯雙小照」上題讚語說：「態之妍、色之芳，再視之如有喘息，再視之衣服欲颺，再視之目睛時一轉動，欲有語，易喜顏勞傷！」小照上衣香鬢影，栩栩欲動，一會兒喜一會兒又悲，果真是詩人得了相思病。後來侯雙離開了他，「雙如墜雨飄風，蹤沈影滅」、「時雙既去，不知何處，因益感雙，幻于之姬」，才寫了這首〈感雙詩〉。詩中說重到這曲水草堂來把酒，可恨已人事全非，坐向春風裏一直在想著她的紅裙與縷衣，許多的蜜蜂蝴蝶，好像以前曾來過這裏，還在懷念舊日的金粉芳香，可憐的牠們，幾番沿牆遊巡，幾番怏怏失望地歸去了！詩中借著蜂蝶不得不接受失去女主角的事實，來傾吐自心的悲傷。

再看明人許宗魯的〈席間書帕贈美人〉二首：

尊前喜遇巫山女，轉盼垂鬟心暗許，襄王不用賦高唐，朝暮為雲亦為雨。

朝雲暮雨樂無休，解贈湘江尺幅秋，借取素絲千萬縷，青天碧海結綢繆。（見《少華山人集》）

中國人應該是較為含蓄的，古人追求妓女也像追求閨女，以維持女性基本的尊嚴。像這樣在酒席間遇到美人，拿出手帕來題詩相贈，就滿幅是「雲雨巫山」的寶貝典故，不僅低俗，亦且粗野無禮。第二首取尺幅的絲絹上畫的湘江秋景，說素絲萬縷，交織糾纏，因為畫了青天碧水，才有了天長地久的綢繆之情，語意裏帶點雙關，較有詩意。

再看陳禕永的〈定情詩贈姬人〉之五：

款款相為遣，綿綿若有留，總教難道處，竟日一嬌羞。

深情款款，好像要送我出去；語意綿綿，又像要留我下來，我有點搞不清楚，她又好像難言出口，猜啞謎似的，整日弄成不勝嬌羞的樣子。這一幅嬌滴滴、羞答答的「定情」畫面很傳神，其實少女就是要你去愛，而不是要你去了解的，傻詩人，竟然要搞明白什麼呢？

情詩的變貌之二，就是把女性當作玩物，胸雪鬢雲，品頭論足，只見「色」而不見「情」。情詩裏可以將情人化作天仙，至少也是一個有獨立尊嚴人格的對象，而決不可把美人當作玩賞的香豔肉體看待。古代許多宮體詩、香奩詩、香豔詩，大抵缺乏血性德操，而只有肉體描繪的都不能算是情詩。

例如明人顧起元就寫過〈豔詩〉一百首，試舉其一：

香汗微霑不避風，輕搖紈扇綠窗中，羅襟乍解聞薌澤，一朵紅酥凝未融！（見《嬾真

堂集》）

他自己在詩前小序說：「聊備香奩之一，大雅所譏，不足存也。」「不足存」的原因，不是由於是情詩不便公開，而是這種香奩詩的格調太低，只見「肉」而不見「靈」，只有「性」而不見「愛」，完全是「色」而沒有「情」。解開羅襟，微聞芳香，享受酥酥肉體的一朵凝紅，這類作品，是不具有理想化的意趣，完全是色聲犬馬而已。

又如明人凌義渠的〈雜憶詩之眠〉：

曾淹靜夜語移時，不定花魂猝未持，是鬢生香香附鬢？微粘枕畔氣絲絲。（見《凌忠介公集》）

花魂不定，磨鬢生香，甚至連枕蓆間的氣息都寫入詩篇，「不辭今夕盡風流」啦，「海棠經雨一枝鮮」啦，都只能作為回憶記事看，而不能作一首性靈昇華的情詩看，文學必然賦愛情以人性，缺少「靈」的層次，都是情詩的贋品。

情詩的變貌之三，乃是代人擬作的情詩，所寫不是當事人的真情實感，而是透過詩人的手筆，為人作嫁的秘書角色、槍手角色。有些或起於當事人的請託，也有些是詩人自己多事，也可能是明明自寫情詩卻推給別人，是一種煙幕式的塞責行為。

如俞琬綸就有一首〈手藉代贈詩〉：

君心無點瑕，願常如此白。君身無遠疏，願常如此密。君情無解散，願常如此織。可憐一片絲，剪斷不成匹！（見《自娛集》）

這首借手於詩人的代贈詩，是就眼前的織絹情景來起興，絹是如此白，希望你的心也潔白無瑕；絹是如此密，希望你的身軀親近我不疏離；絹布一經羅織不再鬆散，希望你的情感也不再有解散的時候。唉，可憐這一片絲織，如果一朝剪斷了，就永遠連不成一匹帛了！「匹」雙關著匹配佳偶的意思，「絲」雙關著相思恩愛的意思，是絕不允許隨便剪斷情絲的。

又如明人卓人月的〈代內答詩〉：

白門孤客自言孤，誰使君行千里途？妾便一魂分兩體，君能兩地一心無？（見《蕊淵集》）

原來卓人月先寫了一首〈寄內詩〉：「白門孤客伴青娥，千里相聞意若何？箇是倩娘魂一半，見時方識彼非他。」說自己是千里外的孤客，羈留在白門，有一個青娥伴著他，但他為什麼還要千里外寫詩給妻子呢？噢！這青娥不是另有其人，而就是妻子的一半靈魂，所以妻子見了這青娥以後才會認識她不是別人，就是自己罷了！這裏是用小說〈倩女離魂〉中倩女的魂靈隨愛私奔，肉身則久病在家的典故。於是又寫這首〈代內答詩〉，說白門的孤客自己怨孤獨，那麼是誰要你奔走到千里外的路途上？即使我真的把靈魂一分為兩，一半在你那邊，你能真的保持雖在兩地，卻只有一條心嗎？所謂情詩，原來是自問自答，自導自演。

卓人月另有一首〈為梅姬答李青來詩〉，也是替人捉刀的作品：

桃葉桃根浪得名，歲寒風景屬梅精，孤香須惜酸須忍，分付多情宋廣平！（見《蕊淵集》）

詩從「梅姬」的梅字上設想，春天的時候桃葉桃根春情種種，浪得虛名，到歲寒時最美的風景當然屬於梅樹囉！想享受梅花的香，就得容忍梅子的酸，希望你像多情的宋廣平一樣，想到梅花就想到美人文君綠珠一般地珍惜才好！

情詩的變貌之四，乃是男口女聲，男詩人代替女主角設想落筆。也許是女性的教育水準不足，也許是男性喜歡設身處地去想像，許多「閨怨」、「懊惱歌」都由男扮女妝寫成的，即使這些棄婦之辭寫得如何動人，畢竟不是真實的自供，而只是間接的假託，這類作品，幾乎每個詩人都有創作，數量極多。

任舉明人王道通的〈閨怨〉及〈留客詞〉：

莫道秋光薄，郎情亦不濃，歸來床未暖，鞍馬又匆匆！

許久不曾來，來便思量去，拔斷東西橋，看君住不住？（見《簡平子集》）

完全是從女性的口吻與立場來寫，嬌嗔癡想，責備男性。不要說秋光薄情，天涼木落，其實郎的情意又何嘗深濃，熱情如火？回家的時分，連床上都留不下多少體溫，簟冰衾冷，只見又匆匆跨上鞍馬而離去！

一去就很久不曾回來，一來卻頃刻就想離去，心在哪裏？情在哪裏？我恨不得拔斷東西的橋樑，水深路絕，看你的身心會不會留住下來？這種主觀的「拔橋」癡想，愈是不可能，就愈發激動人心。

再如明人鄭心材的〈悔〉：

自古相思最苦人！偏教初試刻千金，早知君是天涯客，怎忍恩情一夜深！（見《鄭京兆文集》）

自古以來，大概以男負女方者多，女負男方者少，所以寫相思苦人，大抵都以「負心漢」、「天涯浪子」為呵責的對象。說誰都禁不住要試試這「春宵一刻值千金」的滋味，這場生命的豪賭一下注，就換來「相思最苦人」的輸局，若早知你是遠走天涯的不歸客，你我都不該忍心讓恩情在一夜之間弄到如此深濃呀！

再如明人周拱辰的〈去婦怨〉：

遮莫郎畫眉，美好須臾變，還留舊時眉，期郎一回盼！（見《聖雨齋集》）

說文學是一種自贖吧？男性詩人常在詩中對負心善變的作為，加以撻伐，作為救贖吧？

連浪遊天涯的李白，也有「當君懷歸日，是妾斷腸時」的男口女聲，對辜負的良心責備作些許救贖的呼號吧？這詩中說儘管當初郎替我畫眉的慇懃如何感動我，但這美好的情景須臾就改變了！我仍留著舊時的眉毛，一直在等等等，等著你再轉身回來看一看我呀！

這類詩作太多了，男性寫的「春閨怨」遠超過女性所寫，明人莊天合就寫了十二首，略舉二首：

春寒夢不到，獨寢意如何？夜夜聽風雨，偏來枕上多！

清夜起憶君，獨吟還自和，月明如有情，皎潔懷中墮！（見《莊學士集》）

學士也好，浪子也好，都喜歡設身處地於春閨之內，寫女性的感受，作為同情與反省。在風雨的夜晚，發現尋夢不成的獨寢時分，風雨偏在枕上聽起來特別多。在月明的夜晚，獨吟獨和，發現月光特別有情，一片皎潔，偏墮入懷中來依人。風雨有點欺人，明月偏能慰人，在孤獨的閨中，觸景生情，雨聲月色，都成了唯一相與消遣的友伴了。

男口女聲，除了代主婦而寫外，也有代歌妓而寫的，如明人王九思的〈強情〉八首，略舉其二：

郎富有黃金，難將買妾心，妾心似瑤瑟，的的愛知音！

牛女經年會，會稀情轉濃，朝朝覿郎面，恰似不相逢！（見重刻《王太史先生全集》）

「強情」寫勉強的感情，用金錢聘得的感情，對一位蕙心秀質的少女而言，是萬分痛苦的，她不愛黃金多，只願同心死，心不是黃金可以買的，她的心像瑤瑟，的的當當，只愛知音。若像鴛鴦配給了老鶖，如何成為同棲的鳥呢？所以她又寫「郎心見妾歡，妾心只自苦，佯笑弄琵琶，曲亂不成譜」，面笑心泣，何等懊惱？第二首寫牛郎織女星的七夕，翻出了一層全新的意思，別人都為七夕的會面困難而惋歎，本詩卻因「會稀情濃」而羨慕，見面雖少，知心情深，哪像她朝朝見到郎的面，心卻睽違沒有交集點，和不相逢是一樣的，臨風強笑，同床異夢，率直寫出女性厭惡不耐的想法，本詩在古時的男權社會裏極為難得。

情詩的變貌之五，是將男女的愛慕借用為同性好友間的思念，乃至巧比君臣間的關愛與失寵。男女間的情詩被視作無賴無行，一旦假託為朋友或君臣，就可以大方出手，這是由於古代禮教的偏見：「君臣」這一倫，「朋友」這一倫，都可以正大光明放在檯面上，而只有「夫婦男女」間的情話，只能在陰暗角落中悄悄私語的吧？

試看明人顧起元，他是一位敢寫男女情詩的詩人，但他寫給同性友人的詩，感情的真摯激烈，比寫給女性的更像情詩，在〈偶詠呈尚德〉一詩中道：

冤家只道苦難離，纔說冤家已皺眉，恩愛牽纏曾不覺，一分疼熱一分癡！（見《嬾真堂集》）

幸好詩題中有「呈尚德」的註明，而卷一有〈留別尚德詩〉說：「獨余與夫子，婉孌結中腸」，知道尚德是一位夫子，不然誰能否認這是男女親密的情詩呢？這裏用的「冤家」、「恩愛牽纏」、「疼熱」、「癡」，絕沒有同性戀的斷袖之癖，而全是「子意余獨知，余和唯子倡」的少年知交之情罷了。難分難離，竟自斥為冤家，如此疼熱情癡，原來只是同性的好友，比諸男女深情，竟有過之而無不及。

至於君臣間借用男女愛情作比況，遠從屈原的〈離騷〉就如此，香草美人，無一不是忠君愛國，到了漢代張衡的〈四愁詩〉，寫美人恩重，亟思報答，幾乎成了知識份子報效君王的詩歌原型，試看釋方澤的〈有所思〉：

> 美人青雲上，遺我明月環，置環懷袖中，出入恆再看。豈無瑛瓊瑤，報子平生歡。舟車不我假，山川多險難，抱此耿耿心，日暮還采蘭！（見《盛明百家詩後編》）

這位和尚的身世未詳，但從他的〈送姚山人〉云：「故人多半在燕京」，而朋友多在「鳳池邊」看來，可能他曾經是一位身在「皇州」而熱心上進的讀書人，這詩和張衡的〈四愁詩〉是出於同一種機杼，所以詩中的美人，不是情人愛人，而是明君皇上，詩中的「舟車不我假，山川多險難」，都是小人擋路、援攀無助的比喻。美人贈我明月之環，我放置在懷中，每次出入門戶，都要看看這玉環，告訴自己：美人的恩惠是不能辜負的，我哪裏不想把瑛瓊瑤獻出來，以報答美人這一生給我的歡喜？只是搭不上前去的車船，而山川險難，難以到美人面前表明心跡呀！每天抱著這顆耿耿明亮的心，儘管時日無多，日暮路遠，我還是要采蘭為珮，做好前往美人面前的種種修飾與準備呀！如此美好的情詩，在中國古代，常常不僅是抒情，而是在述志的。因此要研究中國的情詩，必須要洞察中國情詩的正格與變貌，才能有正確的認識。

明清情詩零拾

詩以情為主，情中以男女思慕最為感人。男女的感情事件有的坎坷多艱，有的幸運直遂，故事方式不外數種，但引發的萬端感受，人人是全新不同的。寫成的詩篇，面目相似，內涵各異，而人人對此具有同感，所以一首好的情詩最易引發普遍的共鳴。

西方文學重視情詩，以為情詩恆常展現心靈最高尚的成分。中國文學中情詩常受壓抑，被西方人誤以為靈魂愈低等者，愛的能力愈少，情詩發不發達，竟被視作某項指標。我早在〈中國情詩論〉裏，已呼籲要蒐集並表揚中國的情詩。

現代人的愛情氾濫，其實氾濫也可視作對純情的饑渴，也許比古代人對愛情更饑渴，更需要情詩的滋潤。情詩中對生活對理想有強烈的願望，對愛情對人性懷有高度的尊重，在這願為愛情獻身者愈來愈少的時代，情詩將成為靈性的良藥而顯得高貴非凡。

我除在《抒情詩葉》、《詩林散步》、《詩香谷》等書中常表彰情詩外，行篋筆記中蒐得的仍有不少，現選錄意味雋永的，一般書冊中從未提及過的，按筆記的先後，隨手零拾遺珠，首首嶄新可喜，這些情詩大抵寫成於明代清代：

一

枕頭三尺長，一寸一千里，遼陽三萬程，夜夜在眼裏。（明・韓錫〈閨思〉，見《韓子》）

三尺長的枕頭，展開成三萬里的相思，所以枕上的一寸等於一千里，這縮微尺般的地圖繪法，將絕塞風煙，彩繪在枕頭上，給人特殊的感受。而一寸的眼孔，夜夜照臨著三萬里的遼陽，這望遠鏡般的巨眼宏觀，將萬水千山，全放映在枕頭上，從枕頭看是縮微，從眼孔看是放大，這時空的廣袤蹙縮，造成了奇幻的變化，在現實的時空裏，只能狹守戶牖，無法跨越，但在夢想的天地裏，卻可以任憑你縱橫馳騁，寄魂於遠方。用如此無奈的寫法，寫癡心無眠的等待，寫懷念邊塞行人的閨思，十分動人。

二

願郎作船，儂願作舵，因水順逆，隨郎上下。（明・韓錫〈讀曲歌〉，見《韓子》）

在理智的思考下，船是舵的身體，舵是船的思想，舵掌控著船的方向，是船的頭腦似的。但在情感的直覺下，船是龐大的整體，舵是附屬的零件，不管是順水或逆水，不管是潮怒或潮平，舵永遠緊抱住船，隨著船衝風破浪，顛簸上下。

這首樂府〈讀曲歌〉，當然是全憑直覺的觀察，願你是縱橫萬里的船，而我只願是附於驥尾的舵，不管人生的海洋是順風順水，還是狂風驚濤，永遠緊隨著你，成為命運的共同體，你進我亦進，你下我亦下，你的種種遭遇就是我全部的驚喜，不必計較境遇得失，緊跟著你就是我真正的幸福。

三

彈我白雪琴，高丘哀無女，苟得一心人，聊以結束素。（清・厲鶚〈擬古〉，見《樊榭山房全集》）

長期尋找「一心」伴侶，而還不曾發現對象的人，是非常寂寞的，所寄望於理想對象的格調愈高，寂寞就愈濃鬱。

真正的愛情，一定是建築在崇敬的基礎上，理想中高貴的女孩，總被想像處在不可攀援的高丘瑤臺之上，高丘之上如果空蕩無人，那麼風裏的琴聲將何等孤冷呢？

這首〈擬古詩〉，是模擬〈離騷〉的境界，屈原是以芳菲菲的佩蘭，表示自己修潔高尚的純潔，而本詩是以陽春白雪的琴曲，表示自己修潔高尚的心思，期待將這份衷心堅貞的情愫，奉獻給「一心人」，在愛的聖壇上，一個人的自我價值，是要在理想對象的青睞中尋求肯定的呀。

四

素藕生池中，紅荷浮水面，與汝同一身，本自不相見。（清・朱彝尊〈讀曲歌〉，見《曝書亭集》）

你是紅荷，鮮豔的光彩照映在人前，我是素藕，潔白的心事隱藏在泥底，天生我倆就該是身心不離的伴侶，卻一個分配在光亮的水面上，一個分配在黑暗的淤泥下，就是沒有見見面的機緣。

紅荷就是紅蓮，蓮憐同音，取憐愛的意思。素藕就是白藕，藕偶同音，取配偶的意思，都在作相愛儔匹的暗示，無奈造化作弄人，空間睽隔成兩個世界，見面稀少，情人不見面，何以慰相思？

愛情的最大願望，就是兩人能結合成一個身體。西方文學家曾說：「何謂愛情？一個身子兩顆心；何謂友誼？兩個身子一顆心。」愛情就是要求「與汝同一身」，結合成血脈貫連、痛癢與共的一個身子。

五

願作策馬鞭，提攜隨君手。或為陌上塵，逐君馬前後。（清・朱一蜚〈別離曲〉，見《浣桐詩鈔》）

戀愛中的人，總是喜歡發願的，看見流星，向上天許一個誓願；看見泉池，以白水許一個誓願，其實不需要真看見特殊的景象，隨眼所見，都能許下「我願……」。

我的誓願很卑微，我只想化身為一根策馬的鞭子，在你奔走四方時，隨時被提攜在你手上，我就滿足了。如果不能如願，那就更卑微些吧，我若能化身成紫陌上的紅塵，浮沉不計，只求能追逐在你馬兒的前後，我就滿足了。

戀愛中的人，總愛將對方推崇得很高，將自身比況得很低，低得愈癡，有時是愈癡愈可愛。

六

妾身逐流水，君似萍根輕，風吹一夜散，萍水定無情。（清・朱一蜚〈別離曲〉，見《浣桐詩鈔》）

「萍水相逢」是一句口頭常語，是形容偶然相遇吧？但相逢之後又如何呢？水流東西，萍泊南北，萍的行蹤無定，水也有去無回，萍水能再重逢嗎？

有人說：寧可做無根的浮萍，也不學東流的水波，萍跡有時還能暫寄一方，而水流卻片刻不停，不捨晝夜。

但在無奈的命運裏，妾身成了去去不已的流水，而你則像輕不著根的寄萍，一夜裏風就把我們吹散，你如浮梗，我是逝波，都沒有自主抗拒的定力，唉，要責怪萍無情？還是水無情？還是兩者都無情呢？

七

美人貌如玉，秋衣剪明霞，幽居在煙水，四面紅蓮花。相望不可即，相思渺無涯，髣髴北窗下，纖手弄琵琶。（清・朱一蜚〈古興〉，見《浣桐詩鈔》）

中國古典情詩中美人的典型，往往定位於孤高矜持的形象，不能隨便引見，不能輕易接近，所以「相望不可即，相思渺無涯」，便成了中國情詩中對美人企盼仰望的固定模式。

這位美人幽居於煙水的深處，秋衣如明霞一般光彩奪目，容貌如美玉一般神光瑩瑩，引人相思愛慕，但居所四周開遍了紅蓮花，碧水環繞，絕無蹊徑可通。只允許你去遐想，去渴慕，在如幻似真的境地裏，彷彿她坐在北窗下，纖細的手指正撥弄著琵琶，傳來曼妙的音樂。

這聖潔的美人，可以真指令人神往的女性美，也可以象徵政治上君王的美，或內心期待的事業美、理想美。

八

夫命葉上霜，妾身霜下葉，霜消葉亦隕，哪用苦禁妾？（清・朱珪〈李烈婦〉，見《知足齋全集》）

「夫妻一體」、「感同身受」，這些句子形容得仍嫌抽象，本詩則將丈夫比作秋葉上的霜，將妻子比作秋霜下的葉，秋霜秋葉，依存相疊，寒意感通，體貼如一。所以霜有多冷，葉亦能感受多冷，濃霜消散時，葉亦凋殘隕落了。用如此切身寒冷的感知，將夫妻同命的關聯比擬得很具體、很新鮮。

這位李烈婦，一定是丈夫死了，也為之殉身。丈夫在臨終前，苦苦勸她，禁止她有「隨夫而去」不想活下去的愚蠢念頭，但她堅持：生則同室，死則同歸，反而說：你何必苦苦禁止我呢？

九

郎比江中水，妾比江上山，行止雖異性，頗得長迴環。（清・朱珪〈欸乃歌〉，見《知足齋全集》）

眼前的景物，沒一樣不是愛戀者眼中的好題材、好比喻。在船槳划行的欸乃聲裏，眼前的明山與秀水，一是你，一就是我。

你是江上的水，來去無定，我是江上的山，坐守一方。你那流動不居的性格與我靜待不移的性格，一行一止，雖然完全相異，山是留不住水的，留住了也成為一潭死水。水也移不動山的，山不是滾石，不能隨著水去浪跡天涯。那麼只希望水常常環過來、迴過去，多多在山的周圍波濤旋湧，拍岸對答吧！

一〇

月圓花好尋常事，想到歡娛恨轉多，何必天涯在門外，分明心上有秋河！（清・樊增祥〈江樓雜憶〉，見《樊山集》）

人生相親相愛，像月常圓、花常好，本來並不是難求的事，為什麼許多人在追求歡娛的時刻，總是愛攪起莫名的恨意，而且愈是相愛，愈是在乎，愈是計較，愛得多者往往恨得也多呢？

為什麼不去花前月下，恩恩愛愛？卻偏讓一些誤會、猜疑、嘔氣、虛假的架子、不可諒解，橫亙在兩人中間，使得處身雖在比鄰近處，而不能會面卻如同在天涯遠方一樣，徒然令花不好、月不圓、人不團聚，將原該美好的時光浪擲。於是我深深地領悟出：天涯未必在萬里之外，天涯也未必在門庭之外，若是心上出現了秋空的星河，兩人即使在一個屋宇之下，也會像牛郎織女般分隔在銀漢兩側，只想去鬥壁壘，不想去搭鵲橋，使會面也成了大困難。

西方哲人說：「不能原諒人是愛不起來的。」正可作這首詩的註腳。

一一

欲寄君衣君不還，不寄君衣君又寒，寄與不寄間，妾心千萬難。（清・張怡雲〈寄姚

征衣詞〉，見《宸垣識餘引》）

一往情深的人，常常會面臨兩難的抉擇。想寄冬裝給你，怕你有了冬裝就不想回來。想不寄冬裝給你，又怕你在朔風中顫抖，無法抵禦寒冷。在寄衣與不寄衣之間，反覆考量，使我心中一回想寄一回想不寄，千難萬難，無法定奪。

其實從利己的角度想，不寄寒衣，你就會在秋冬前回來，對我來說比較有利。又若從利他的角度想，寄了寒衣讓你不至於受寒著涼，對你來說比較有利，本詩的妙處，也就在利己利他的矛盾衝突中，引發了詩的趣味。

更妙的是：從寄衣的角度看，是充滿了憐惜之心，從不寄衣的角度看，其實仍是充滿了疼愛之意，往復萬萬千千的思考，都不為自私而是為愛，原本無所謂利己利他的矛盾呀。

二

小像沈香手自熏，前期如夢卻疑真，五湖忍負閒風月，為少扁舟共載人。（清・查慎行〈題范性華繪小憐影〉，見《宸垣識餘引》）

范性華有一位知心的女友，名叫小憐，被有財有勢的豪門奪走了。他就只好繪一幀小憐的畫像供奉著，每天洗潔了手，以沈香熏染，默立默禱在畫像前，想著以前的日子，與美人清談心賞，都如在夢裏，不禁會懷疑那是真的嗎？

范性華姓范，所以查慎行將他比作范蠡，范蠡被人奪走了西施，扁舟中少了個共載的美人，那麼即使泛舟於煙波浩淼的五湖中，面對美好的風月，也全成了辜負，這是何等殘忍的現實呀！

范蠡不愛浮名，不愛俗利，只愛美人，放下金權，泛舟到五湖中去，一旦美人失去，五湖煙景成了囚籠，和風朗月也變色為淒風苦月了。

一三

妾處桃花歷亂飛，君邊楊柳亦依依，只看塞外無情雁，每到春來盡解歸。（清・商彩〈征婦怨〉，見《綠窗偶集》）

我的住處，春意闌珊，桃花已經歷亂地飄飛，你的住處，柳色正青，垂著依依挽人的長絲。桃的紅，柳的綠，彩色的風光是如此旖旎柔媚地展映在眼前，誰能不睹景思人呢？且看塞外無情的鴻雁，每到春來，全都記得歸去，那麼有情的人兒，在這春天，能不記得歸來嗎？

全詩的趣味就在「無情」二字上，「無情」的雁卻守信而多情，而號稱萬物之靈的人，情感細密，卻輕別而寡情，望著雁兒總要埋怨不歸的人。

一四

烽火樓頭夜角長，揚鞭直過李陵臺，雕弓落雁殷勤看，只恐金閨附信來。（清・商彩〈塞上曲〉，見《綠窗偶集》）

儘管在樓頭望著烽火的警訊，夜晚聽著號角長鳴，快速地直奔過塞上的李陵臺去，儘管生活緊張如此，心裏是一直掛念著遠方的妳的。

所以每次手挽著雕花的強弓，射下從南方飛來的鴻雁，總要一隻隻反覆殷勤地察看，唯恐鴻雁的腳上翼上，綁藏著金閨中的妳所附寄來的書信。

在通訊困難的古代，望著雁，常產生特殊的奇蹟式的期待。

一五

今歲花如去歲穠，粉香脂豔好姿容，不知何事牽人意，只覺春衫領扣鬆。（清・彭孫遹〈金粟閨詞〉，編入《生花管》）

今年的花又如去年一般的穠豔，粉色含著奇香，脂膚光潤豔麗，年年都是一副飽滿的絕美姿容，但是賞花的人，今年仍如去年的人一般美好嗎？

今年的我比起去年的我，搞不清楚是什麼事情一直牽纏著心思？搞不清楚這樣下去究竟後果如何？唯一可驚覺的是：春天來了，今年試穿去歲的春衫時，忽然發現領扣的地方，比去年鬆了許多呢！

這詩的好處，大概就在只供出「衣帶漸寬終不悔」，卻不肯寫明「為伊消得人憔悴」，還佯裝自己是弄不清楚什麼事情牽纏得茶不思飯不想，故意留下讀者想像的餘地，詩趣就誕生在那裏。

一六

紅窗日日喚金衣，百囀催人曉夢稀，故把銅丸枝上打，妒他花裏慣雙飛。（清・彭孫遹〈金粟閨詞〉，編入《生花管》）

住的是金屋，穿的是金縷衣，在早霞滿天的紅窗口，飛來了吱吱喳喳的鳥群，清晨總是被百囀的鳥聲喚醒，不允許我耽在曉夢裏，享受夢中的溫存，催我也要與鳥兒一般早早起床。

我披上了金衣，倦眼初醒未惺忪，真怨恨這些擾人好夢的鳥兒，所以拿幾顆銅丸，用彈弓來打鳥，大大地驚嚇牠們，因為我實在嫉妒牠們在花叢裏雙宿雙飛，高興地追逐歡唱，根本不在乎我是獨自孤棲著的。

一七

願歡如帶，與儂相結，怨歡如影，顧之而滅。（清・姚燮〈當西曲安東平〉，見《復莊詩問》）

但願你是一根衣帶，隨時綁在我的身上。怨恨你像一個黑影，好像跟隨著我，一回頭找你，你就倏忽明滅，影蹤消失不見了。

誠然，愛情是必須雙方在充份自由下誕生的，一切用心計想把它拴住、綑綁、屈從的努力，只會傷害愛情。我想與你像衣帶一樣牢固地打結，永結同心，但是你卻喜像一個若隱若現的影子，善於閃避，我愈想網羅住，你就愈想逃跑，影子要如何才能固定得住呢？

難道你真的服膺哪個缺德鬼發明的邏輯：「情場上唯一的勝利就是逃跑」嗎？

一八

歡似機中絲，織作相思樹，儂似衣上花，春風吹不去。（清・吳偉業〈古意〉，見《梅村家藏稿》）

你是絲，我就是衣；你是樹，我就是花，在性向上是如此同類同質，十分調和配對的佳偶。

你像思想紡織機中的絲，經我日夜投梭編織，織成了一株色澤絢麗的相思樹。裁成綢衣，我就是衣上那朵嬌美的花，有情樹上的合歡花吧？這是春風裏唯一吹也吹不走的花，它不受季節的戲弄，永沒凋謝的時刻。

吳偉業與愛妾卞玉京，風流韻事極有名，玉京蠻腰細舞，燕語嬌聲，別人形容她特殊的出眾：「別樣雲鬟別樣輕」，她善彈琴，偉業善吟詩，琴聲中常帶來豐沛的靈感，這首詩形容愛情的美好長存，是在描寫她嗎？

一九

儂言歡大狡，歡言儂自貪，將飴投入蜜，當是兩相甘。（明・陳子龍〈讀曲歌〉，見《陳忠裕全集》）

你說我太狡猾，講過的不兌現。我說不是我狡猾，而是你太貪心，求歡樂沒個底。

熱戀中的人，誰不希望愛人永久不變，絕對忠誠，不然就是狡猾。一面又希望愛情要日日翻新，享受不厭，顯得貪心不足。這種愈要求愈苛細的輕聲責備，常是愛情濃密的表示呢。就像把飴糖投入蜂蜜裏去，你甜蜜我，我甜蜜你，真是兩相甘心。

陳子龍與奇女子柳如是，有一段熱戀同居的生活，後來被迫分手，柳嫁給了錢謙益，陳也因起兵抗清而殉國，這段戀史，少為人知了。李雯替文集寫序，說陳的詩文中，「動有風雲之氣」，該是指抗清的壯舉吧？又說「不廢兒女之情」，大概就是指這場戀愛與這些情詩了。

二〇

歡如牛渚磯，險怪知多少？常恨負情人，心事何繇照？（明・陳子龍〈懊儂歌〉，見《陳忠裕全集》）

牛渚磯是突出在長江邊的險灘，在安徽省當塗縣西北，從三國時代就是吳國的天險要塞，彼處急湍怪石，險峻不測。但是比起負情人來說，負情者的心事，比牛渚磯更險怪，而且幽暗不明，沒緣由去照見險怪的心底角落。

牛渚磯即使險怪，坦陳在你眼前，堂堂面對，沒什麼可恨，而負情人的險怪，乃在於心事闇昧難知，背底裏變花樣，這才可恨。

在古代，男性扮演負情人的機會要大得多，陳子龍字臥子，才情橫溢，在文學的評論與創作上都是一流的，在私情與公義上也轟轟烈烈，敢作敢當，劍及履及，他是真才子真烈士真情人，他有資格說：常恨負情人。

二一

郎書本意慰相思，書到翻成恨別離，兩句寒暄情似割，忍能重看斷腸詞！（明・何孟春〈春恨〉，見《燕泉集》）

郎君的來信，原本的意思是來安慰我相思的，怎料到書信一到反而加倍引發我離別的怨恨，剛讀開端兩句噓寒問暖的話，內心已經情如刀割，如何忍心再看下面那些令人斷腸的詞句呢？

有人說：「書信是愛情的妙藥」，照本詩看來好像不是，其實勾起別離的恨、引來傷心的割、以及柔腸的斷，愈看反應愈昇高激烈，也就是愈看愈有感人的力量。所以書信真是愛情的佳肴，接信時是一陣狂喜，讀信時是一種享受，心愛的人兒寫來十行字，往往是治相思病的靈丹。

今天進入了電子時代，電話雖方便，錄音能存真，仍不能取代書信的細斟慢酌、誦讀再三、從字跡裏去猜度心情，具有文學性保存的價值。

二二

新婚已盟未諧偶，青鳥傳音在春後，青春會少離別多，心事殷勤向誰剖？（明・方孝孺〈寫懷〉，見《遜志齋集》）

婚姻的盟約，新近訂好了，但是雙方相處稀少，溝通不夠，尚未能成為和諧的佳偶，雖然在春天過後，你來了一封信，但是相見的日子如此短促，離別的時分如此眾多，一腔的青春心事，要向誰去殷勤剖析呢？

春後雖有青鳥傳來了好音，但是整個漫長的春季，讓少女少男善於遐思的春季，累積了多少要和對方講清楚的話，都沒機緣細說，憋在心中的那種感覺，僅僅青鳥傳來的一封好音，仍是無法饜足相念的饑渴。情人們相處時絮絮細語永不煩厭，就在於可以不受拘限地一直暢談自己呀。

在音問通訊極不便利的時代，情人將書信視為西王母的仙界使者——青鳥，也不為過的。

二三

君不見古井淵源百尺深，欲汲未得勞人心，井深百尺君莫恨，但恨繩索無千尋。（明・方孝孺〈寫懷〉，見《遜志齋集》）

〈寫懷詩〉數首，有的寫吳蠶熟了，繭子累累，獨獨我家中的紡織機軸是冰冷的，這是少男在想娶妻。有的寫蠶蛾飛著，絲緒亂著，織女的血淚如春波流著，這是少婦懷念丈夫。「寫懷」都在寫男女思慕的情懷，因此本詩也作男女情愛來看。

井是象徵心的，對方的心像古井，淵源有百尺之深，所以想在這深井中汲水，不容易獲得甘泉，而徒勞汲者的心。汲水者不應該為此怨恨百尺井太深，應該恨自己手裏汲水桶的繩索，為什麼沒有八千尺的長度呢？

對方的心不易打動，可能是自己誠意不夠，不要怨恨對方擺出的距離深遠難及，先該反省自己的條件是否充足齊備，愛別人該先從愛自己做起，愛自己該先從反省自己做起。

二四

藕絲作線幾時長，藕葉作鏡幾時光，只道藕花顏色好，不道苦楚在心腸。（清・莫友芝〈藕花詞〉，見《郘亭遺詩》）

藕花是中國的愛情花，藕是配偶，蓮是憐愛，蓮藕的根莖花葉、蓮房蓮子，乃至漿絲蕊薏，都寓有雙關的愛情象徵，所以這個蓮藕題材迭經萬千詩人之口，新的比喻依然層出無窮。

本詩從藕絲、藕葉作新的譬方：說藕絲拉成的線，幾時能綿長呢？大概是說只有片片段段的訊息，像藕絲的斷斷續續，很難作全面確定的思念。又說藕葉作成的鏡，幾時能光亮呢？大概是說藕葉的鏡子難以照見光影，比喻相見的困難或心事的叵測。於是將這思念的姑娘比作藕花，藕花外表看來顏色紅豔，但心蕊的蓮子裏，卻深含著一條苦楚的心腸——「薏」呢！

二五

為誰擔盡一春愁，好事如今啖蔗頭，奪得胭脂山到手，書生真不讓封侯。（清・金和〈鍾姬來歸喜賦〉，見《秋蟪吟館詩鈔》）

納妾是社會的病態，所以替姬妾寫的情詩，常是情詩裏畸形心態下的產物，成為中國情詩特殊的一格。

中國古代的婚姻，由「父母之命，媒妁之言」而結合，所以自發的情愛，反而在娶妾狎妓時，像出麻疹般愈晚出愈不易收拾。又由於「糟糠之妻不下堂」，沒有愛情也不能離異，再則「不孝有三，無後為大」，正妻不生兒子，也成為納妾的藉口，以為妾可以彌補婚姻的不足。

自然，納妾未必皆有愛情基礎，常常是喜新厭舊的好色心態，加上炫人羡慕的虛榮心，藉以表現社會地位與生活能力罷了，娶妾只證明「養得起」，未必證明「愛得真」。

本詩說：乏味平淡的半生，就像一季的春愁，即將擔盡了，從今天起，感情可以落實，好事從頭開始，甜甜蜜蜜，像甘蔗從老的一頭啃起。像我這樣百無一用的書生，居然奪得了胭脂山，比射虎征胡的封侯大將，奪得了燕支山，一點也不遜色呢！

他將娶得鍾姬時，那種炫耀與虛榮的心事，寫得很具體。

二六

白璧微瑕眾鑠拚，才名掃地筆頭乾，千金三致尋常事，止有佳人再得難！（清・金和〈鍾姬來歸喜賦〉，見《秋蟪吟館詩鈔》）

娶妾詩，就男方來講，常是樂不可支的形容，但許多「量珠為聘」的納妾方式，是買賣式的，勉強屈從的情感，不是強顏歡笑，便是茹苦認命，如何得到愛的回報呢？況且納妾往往年齡相差較大，「一樹梨花壓海棠」式的白髮紅顏，只能證明老年缺乏智慧，憑添老年的恥辱罷了。

作者娶妾時，一定惹來許多諷訕責罵，但人的天性總是覺得自己白璧無瑕，即使別人攻訐有理，他也只承認自己是「白璧微瑕」而已，面對眾口鑠金式的拚命責難，即使才名因此掃了地，筆頭因此乾澀了，也在所不惜，因為試想世界上如陶朱公那般「三致千金」的富翁多的是，錢散了又再聚攏，微不足道，只有佳人是難得的，即使為她而傾國傾城也值得，犧牲些名聲、美德、金錢，算得了什麼呢？

金和雖然喜於納妾，但他又反對出妻，他曾寫〈棄婦篇〉道：「威鳳不逐凰，大鴛不辭鴦，如何人間世，乃有棄婦郎？」正反映當時人複雜矛盾的婚姻觀。

二七

鸞鏡窺顏果否真？阿憐憔悴話前因，牆根莫漫栽紅豆，恐到秋來愁煞人。（清・沈豫〈春閨〉，見《芙村學吟》）

從青銅鸞鏡中窺見的自己容顏，果然是真的，還是虛幻的？為什麼是瘦成這個樣子呢？「阿」是感歎疑訝的聲調，憐惜這容顏如此憔悴，忍不住又要訴說前些日子以來的種種原因了，在牆腳下千萬不要栽植紅豆枝，恐怕秋天一來，會憂鬱得愁死了人的。

相思的時期，常常就是人消瘦的時期，相思愈刻骨銘心，消瘦得愈清癯可憐。而且，戀愛裏充滿著熱情希望時，情人們都浸在「談論未來」的美夢中，戀愛裏若是充滿不確定與埋怨時，情人們就只會躲進「細數前因」的窠臼中了。

結尾兩句很感人，教人不要種紅豆，秋來時相思子的瑩圓可愛，會令愁人受不了的。

二八

花非舊日紅，春訝今年瘦，寄語鏡中人，替熨眉心皺。（清・沈濤〈題美人攬鏡圖〉，見《交翠軒筆記》）

內心中的相思看不見，身體上的肥瘦一望便知，所以描寫誰害了相思病，總是從形貌的瘦削上去描摹。花已經不如舊日的鮮紅，春末時攬鏡一照，才驚覺：今年好一個春天，將人瘦削成這副相貌了！

沈濤望著這照鏡而兀自吃驚的女郎，想傳遞一個信息給她，願意替她熨平眉尖撮聚起來的那幾條皺紋！

現代的美容技術，可以改變體型的胖瘦，可以隆鼻豐乳割眼皮，也可以拉平臉上的皺紋，但唯獨眉心那皺聚不開朗的陰雲黯雨，那是相思春愁，相思不覺疼痛，卻傷得深；相思不覺炙熱，卻燒得烈，心病需用心藥，眉心的小皺紋卻不是現代美容技術所能熨平的！

二九

便從詩味尋香味，聊把情禪當道禪，儂愛秋光郎愛色，小樓各剖薛濤箋。（清・沈籛〈豔秋詞〉，見《兩香集》）

兩個愛好文藝的青年男女談戀愛，妳送我一首詩描寫秋光，我送妳一首詩描寫美貌，在小樓上磨墨含毫，各自用著別出心裁的信箋，像才女薛濤用的情詩箋。

我倆從詩味中去追求情感上的香味，又從情禪中去參悟最上乘的道禪，如此的戀愛，雅潔絕塵，提昇性靈，慧彩四射，充滿了藝術的趣味。

但相較之下，我的「郎愛色」畢竟層次低下一級，寫容貌，寫愛慕，有意將愛融於語辭中，想說得明白一點，多說一點。而妳的「儂愛秋光」高明得多，只用一點點象徵，未說破的愛情蘊含了更多的神聖，只需一個眼神，一個音節，歎歎秋光，便將一春的花氣香味吸納進詩裏，便將整個男子滿紙想說的話全部概括融化，這才是「情禪」所以能成為「道禪」的奧妙境界呀！

三〇

西家金屋若雲連，難得東鄰宋玉憐，別有奇方療俗豔，帶些愁處即神仙。（清・沈籛〈豔秋詞〉，見《雨香集》）

西家的金屋如連雲一般長排高聳，裏面有許多高貴嬌美的女子，我想求也求不到。但東鄰卻有一個癡情垂青的女子，常像攀住牆頭偷窺宋玉般，注視著我的動靜。

我應該在追求西家失意的時期，就降格去找東鄰女子來慰安一番呢？還是堅守我的格調，忍耐我的寂寥，堅持非理想對象不接近呢？想來想去，竟有點把持不住，終究我想出一副醫療相思病痛的奇方，可以抗拒東鄰俗豔的誘引，那奇方是：我寧可帶些失望的悲苦，把甘心忍受失望哀愁的煎熬，當做修煉成神仙的過程。

愛情的滋味，必然是苦中帶樂、樂中帶苦的，愛得愈高尚非凡，受苦的程度也相對成正比。大詩人泰戈爾曾勉勵情人們說：「相信愛情，即使為你帶來悲苦也要相信愛情。」唯有堅信而不甘墮落的人，才配飫嘗神仙的樂果。

三一

丹山來往五雲微，採得山芝供玉妃，何似鴛鴦煙水上，藕花香裏解雙飛。（清・李畹〈題彩鳳圖〉，見《散花庵叢話引》）

一隻彩鳳在有丹穴的山際來來往往，飛在五色的雲霞裏，仙境何其曼妙，取來了丹砂，採得了靈芝，供奉到玉妃的仙壇前，這神仙的工作該是很具意義的吧？然而這忙碌的鳳凰，只顧著高貴的事業，也許忙得很空洞吧？也許還比不上煙水裏雙浮雙浴的鴛鴦，在藕花馨香中相逐相呼，張開錦翼，相偶于飛，更為踏實吧？

本詩將「只羨鴛鴦不羨仙」的理念，藉著一隻鳳凰表達了出來，孤飛天際的仙禽，本領超強，勤奮卓絕，但是哪裏比得上連理枝頭的同棲並宿的雙鳥呢？平凡的鴛鴦連夢裏都是又暖又香的。

李畹是女詩人，私號紅豆女郎，公然發表這些多情的篇章，毫不膽怯，還自題扇上說：「自古多情屬黛鬟」呢！

三二

燈前織錦雨吹窗，忽憶行人未渡江，織出鴛鴦才一半，待郎歸日始成雙。（明・王穉登《織錦辭》，見《客越志》）

花中以蓮花為愛情花，子中以紅豆為相思子，星中以牛女為愛情星，鳥中以鴛鴦為愛情鳥，永遠是詩中的好題材。

一位少婦在燈前織著錦緞，窗外的風聲雨聲，使她惦念起正在路上趕回家來的行人，行人的路途是否已走過了一半？而她的錦緞才剛織出那雙鴛鴦的半數，她在紡織機上努力的織呀織，就像他在路程上努力的趕呀趕，總要等到你趕回家來的時分，這一雙鴛鴦才真正成為耀眼的一對！

因為假若你沒趕回家來，空閨中在錦緞上織成一雙鴛鴦，愈織得刷尾交頸，和鳴好音，愈令閨中人覺得無法雙宿雙飛而悲歎，美麗的圖案反而成了惹眼的反諷了。

三三

一湖煙水浩茫茫，欲共夷光老此鄉，水作枕頭煙作被，溫柔天與覆鴛鴦。（清・夏仁

虎〈雨湖櫂歌〉，見《嘯盦詩存》）

望著一湖煙水浩浩茫茫，和相愛的人一同隱身於這片遼闊的水鄉中，該是何等愜意的事呢？於是我想起了夷光——這情人眼中的西施——我真想和她白首偕老於此溫柔鄉裏。以水波做枕頭，枕著小船，枕就隨著水波上上下下，以煙霧做棉被，輕盈的煙霧比紗還柔軟，這是上天所織成的溫柔大被，專門來覆蓋遮掩鴛鴦們你儂我儂時用的。

水鄉中，不是採紅菱，就是折藕花，湖塘深處總有那些「兩心如影共依依」的全身彩妝的鴛鴦，在菱深藕密無人見的地方，牠們和范蠡載著西施隱身於五湖中一樣，令人羨煞！

三四

思郎心似山澗波，向郎傾注不差訛，夜夜霍山山上水，朝朝流下下淮河。（清・夏仁虎〈淮南竹枝詞〉，見《嘯盦詩存》）

女孩想郎君的心，真像山澗的泉波，點點滴滴都往郎君那邊傾注，一點也不會例外，一滴也不會差錯。所以每日每夜那霍山上的水泉，朝朝暮暮都只有一個方向，一個目標，一齊流下淮河裏去。

中國古人就說，這叫「女生外嚮」，女孩一旦有了對象，就口裏只愛談他，心裏只在想他，整個生活重心全部移轉到郎君身邊去了。西方人說「女孩的心像月亮，時時有一個好印象的男人黑影在裏面」，打扮是為了他，輕唱是為了他，本詩比作霍山的澗水，千迴百轉，只奔向淮河中來，把「女生外嚮」的心理，刻劃得絕妙。

三五

香是花所為，尋花香不見，情是郎所為，情多卻恐變。（清・黃雲師〈子夜四時春歌〉，見《采榮堂集》）

香是從花裏播放出來，是花刻意製造的，然而去尋花在何方？香在何處？香卻找不到了。情是從郎那邊挑引起來，是郎自己積極表露的，然而太相信了情，被情所感應所俘獲，很危險，情多了往往會產生變化。

這首詩的好處就在好像聯貫，好像不聯貫，好像相互可比擬，好像不可比擬，帶點「似解不解」的想像空間更有趣味。

「情多卻恐變」，情多了就教人擔心生變，為什麼？古人說過：「多情人久必寡情」，由於情多往往驟生於一時，難以持久，不持久就有始無終，變成了寡情。又情不能分心，情多者常分心，一分心妄想照顧每一分情，必然照顧不周，變成了薄情。更何況情一達到沸點後，難以為繼，就會厭倦，一厭倦就大不如初心，哪能不無情？

三六

魚鳥相逢各異心，鳥要高飛魚要沉，沉魚一往江湖深，高鳥何曾倚碧陰？（清・黃雲師〈不相謀歌〉，見《采榮堂集》）

唐朝的項斯寫過：「魚在深泉鳥在雲，從來只得影相親。」那短暫的相慕相惜，不能結合，卻很難完全忘懷。本詩所寫有點相似，作廣泛的友愛看也可以，作狹義的男女情誼看，也自有妙處。

妳是魚，我是鳥，縱使一時相遇，卻各懷著不同的心境，鳥是要高飛天際的，魚是要深藏大湖的，妳真的沉到湖海深闊中去了，但見藍光千里，碧水一天，再也不是在葦岸漁磯旁等待就可以再望見影蹤的。那麼，我也不會留連在矮樹碧陰裏，發楞在杏雨槐煙中，我自有寥廓鴻濛的天地要去闖蕩，我會愛惜我自己，也會飛向九霄中去的！

在人生的旅程中，有許多只是一番見面，就各奔天涯的，但一旦想起曾相接過的短暫的多情眸光，曾相親過的偶爾的遙遠影子，也記得那輕聲的祝福，依然有點牽掛，有點痠痛，有人說「青眼垂垂即是恩」，各奔前程時就將這垂垂青眼的恩典烙在心頭，化成提攜自己的無窮力量吧！

三七

憶郎直憶到如今，誰料恩深怨亦深，刻木為雞啼不得，原來有口卻無心！（明・于謙〈擬吳儂曲〉，見《忠肅集》）

想你，從你說愛我開始，就一直想你，想到現在。誰料得到：恩情愈是深，怨恨也隨之益加深，原來你是一隻用木頭刻成的雞，是啼鳴不得的。木頭的雞只具嘴巴，並沒有心腸，你也是只有嘴巴，隨口說說而已，內裏並無真心存在的嗎？

本詩的趣味，就在木雞的比方上。剛讀到第三句，還以為是比喻女方有苦啼哭不得呢，讀第四句才知道是男方有形無實的啼鳴不得。古時的「木雞」常被形容作「呆若木雞」的不解情趣，或是被形容作「木雞養到」的學養深純，而作者奇想出「有口無心」啼不得的意思，很新闢。

「恩深怨亦深」，因為恩深了寄望也殷切，失望時就特別深痛。古人說「恩深更誤人」，俄國的托爾斯泰也說：「愛情時期就是怨恨時期，愛情越熱烈，怨恨期就越長，愛情越淡薄，怨恨期就越短。」可見古今中外的愛情感覺是天下一樣的。

三八

新人始專房，故人出門去，回頭語新人，去來皆此路。（清・朱卉〈新古曲〉，見《草

衣山人集》）

喜新厭舊，是人性的弱點，新又能新多久呢？舊的在怨歎被拋棄，新的得意一時，又何嘗不在擔心自己就會變舊呢？

本詩寫新人被寵愛，開始成為房中集驕寵於一身的人物，舊人被軟硬兼施，趕出門去了。這舊人只回頭對新人說：「過去迎我來時是走這條路，今日趕我去時也走這條路！」話說得溫柔敦厚，強忍眼淚，不怒不惱，只指出覆轍同鑑，意含著「今天迎你來時是走這條路，將來趕你走時仍從這條路」，同一條路，色盛迎來，色衰棄去。

夫妻若不重恩義，只重美色，美色有了變化，眉間起了皺紋，就想換人。只見新人笑，不見舊人哭，是何等忍心的作為！不珍惜久長的夫妻情分，與日積月累的生活歷史，說割斷就割斷，說拋棄就拋棄，表面雖裝作稀鬆平常，事實上須犧牲有情有義好丈夫好父親的形象，背上負心漢的道德罪名，略具良知的人，內心會沒有陰影與悔意？

三九

郎如月下人，妾如月下影，願得影隨人，夜夜月光同。（清・劉寶楠〈月下詞〉，見《念樓集》）

你是月下的人，我就像月下那人的影子，但願影子長追隨那人，夜夜都是美好的月光，將大地照得似鏡如畫，把那人和影子明晰地聯同在一塊，時時起舞弄清影，該何等幸福？

人生的願望有千百種，只有「有情人常在一起」的願望，最有價值，但也是最平常，最不含什麼奢侈狂妄的貪念在裏面，卻最難如願。

月盈就缺，人聚常散，不是人事生活有牽纏，就是天心對良緣的嫉妒，所以希望「夜夜月光同」和希望「日日花常好」一樣，持盈保泰，長持不墜，十分不易，明白這一點，如果今晚月色正好，就好好珍惜今晚吧，不要期待夜夜會如此了！

四〇

深情脈脈隔銀河，天上人間意若何？自恨不如修月匠，朝朝暮暮對姮娥。（清・簡庵〈留別〉，見《偶吟漫錄》）

如果允許我選擇，我不喜歡做銀河旁遠隔著織女的牛郎，我寧願做月亮裏勞役做不完的吳剛。

因為有再深的情，被迢迢星河橫隔著，耿耿的心，脈脈的情，徒增痛苦。不如做被貶謫到月亮中去伐桂樹的吳剛，被罰天天替月亮修剪桂樹，樹高五百丈，剛剛修剪樹皮隨著癒合，桂樹永遠修剪不完，那就趁機日日面對著美麗的嫦娥，比一年只見一次的萬劫仙緣，要快樂得多了。

牛郎織女代表離別，吳剛嫦娥代表相會，離別比相會痛苦得多，所以在留別愛人時，自願做修月匠，不願等鵲橋會，才作了如此真率動人的譬喻。

四一

香枕印雙凹，深恐他人見，無那小姑來，羞痕先上面。（清・陳順錕〈新嫁娘〉，見《青芙蓉館詩草》）

在保守的環境裏，越是忌諱「性」，性的吸引力越是強大，單單是枕頭上留下兩個凹陷的睡痕，被別人撞見，就覺得是一種洩露、一種戀情上的人贓俱獲，感到難以為情。所以香枕上壓印著的並比的雙人睡凹的痕跡，即使是新婚夫婦所留下，正大光明，也怕別人看見，去當開玩笑的材料，枕痕還沒來得及撫平，無奈偏偏小姑撞了進來，小姑未必已經注意到這些小凹痕，而新嫁娘的羞痕已經緋紅地飛上了臉頰。

新婚的詩不容易寫，因為浪漫情調的分寸不容易拿捏，若寫到肌膚相親就嫌露骨，寫到近乎黃色的暗喻就嫌下流，寫到婚後的纏綿情話就嫌肉麻，有誰愛聽婚後的情話呢？本詩只就枕痕去表現新嫁娘害羞的心態，反而充盈著古典的浪漫氣氛。

四二

鴛鴦比翼飛，飛上相思樹，只愛交頸眠，不管旁人妒。（清・陳順錕〈鴛鴦辭〉，見《青

芙蓉館詩草》

中國人是最在乎旁人觀感的民族，幾乎把自己活著的方式，都為了應付別人怎麼說，怎麼批評，「要人說句好，一生苦到老」，時時擔心「十目所視，十手所指」，因此戀愛中人，也不敢在人前表現親熱的。

而本詩描寫一對比翼雙飛的鴛鴦，愛飛就飛上相思樹，愛眠就眠在軟沙灘，只管親卿愛卿，交纏著脖子，紅掌翠翹緊擁在一起，戲落日，弄波影，為了相愛，不顧其他，不必因為旁人的嫉妒惹眼，而閃到一邊去，管他呢！

情侶相愛，只要不傷害別人，何必太在乎別人的觀感？別人怎麼說並不重要，何況世人對他人墜入情網，難得有衷心愉快的，幾人會真心喜悅地祝福呢？看到鴛鴦交頸，說不定投以石塊的居多數！「應知越女妒，不敢近船飛」、「傍人持並蒂，含笑打鴛鴦」、「珍鳥千行看不禁，自將金彈打鴛鴦」，世上果真有不少人喜歡棒打相愛的鴛鴦呢！

四三

自君之出矣，不復解羅襟，思君如鈕扣，密密結儂心。（清・查餘穀〈自君之出矣〉，見《魚腹餘生詩稿》）

「自君之出矣」，是古樂府的題目，寫郎君出門以後，妻子獨守家中，眼前所見的百事，都引起感觸，樣樣可以拿來比喻，樣樣成為吟詠的題材。

自從郎君離別以後，我不再寬衣解帶，因為想念郎君的心，就像鈕扣，鈕扣與鈕扣穴，天造地設的一對，密密地配套在一起，不肯分離，就像我和郎君的情意，密密地相結合。為了不讓它們分散，乾脆不脫開衣襟，夜夜和衣而睡。妙處就在這種不太合理的癡心執著上。

本詩作者的「自君之出矣」另寫了許多首：

自君之出矣，不再到水池邊，想你像鴻雁寫「人」字，替我寫相思在天上、水上。

自君之出矣，不再到高台上，想你像望著碧海，夜夜夢見思念的潮水，澎湃襲人而來！

四四

自君之出矣，不種相思樹，思君如春草，多在無人處。（明・高文祺〈自君之出矣〉，見《明詩綜》）

「自君之出矣」，在這題目下創作情詩者極多，妙就妙在一個比喻，各人有各人別出心裁的比喻。即使同樣用春草比相思，有人說萋菲歷亂的春草像相思，有人說「更行更遠還生」的春草像相思，有人說追隨在郎君車輪前後的春草像相思，本詩則比作多在無人之處暗中滋長的春草是相思。

也許在鬧哄哄的人前，要裝作歡笑，裝作若無其事。也許在人來人往，有人望見的地方，不宜種相思樹，更不宜化身為相思樹，不然就會暴露心事，被人覷破。

所以想你，總是在無人跡行走的僻處暗處，這一點像極了春草，它不長在熙攘來往的地方，喜歡長在人蹤罕至的地方，那裏，才自由自在地任意的綠，任意地想著你。

四五

花底相逢記隔春，西窗剪燭夢還真，鵝黃柳色鵝黃酒，莫負池塘月待人。（明・單恂〈有贈〉，見《明詩綜》）

像「有贈」這類詩題，往往有不便明說的困難，尤其在男女社交十分封閉的社會，情人不能指名，會傷害女孩的名節，私情不容公開，會招來輕薄的指責，稱為「有贈」，與「無題」一樣，不是沒有題目與對象，只是不便表露，這類詩，常常是情詩。

記得去年吧？才隔了一個春天，兩人在花底相逢的景象，不是仍清清楚楚嗎？剪燭於西窗下長夜談心，並不是夢境，而是真真實實的場景，雖然，那一刻是如此奇幻迷離。

現在春天又來了，大地景物由灰濛濛的冬景，剛轉生出淺黃嫩綠，成了鵝黃色的新世界，在滿樹鵝黃柳枝嫩芽的籠罩下，我握著一杯鵝黃色的春酒，心中只有一個念頭：我決不會辜負在鵝黃柳塘邊、鵝黃月色下，那個穿著鵝黃春衣在等待我的女孩！

四六

感歡千金贈，亦擬報千金，數盡人間物，無如儂寸心。（明・王世貞〈歡聞歌〉，見《明詩綜》）

受你的感動，千金一擲，毫無吝色，作為我的聘禮，你這樣對我，我自然也想回報你千金。但我數盡了人間值錢的昂貴禮物，數來數去，沒有一樣能比我獻上一顆赤熱的丹心，更能回報這種感恩的心情。

若就女人看男人，是「易得無價寶，難得有情郎」，再貴的無價寶也比不上真情郎的心。其實就男人論女人，也是同樣的難。美人有態、有神、有韻、有趣、有情、有心。有人分析過：得神極難，得趣得韻也不易，得態得情就容易些，想要得真心，那可十分難講了！表面看來，婦人不外是「以色事人」，肉體還容易得，想得那「一段不可磨滅的真心」談何容易？千般愛護、萬種殷勤也未必得到，終身苦戀、日日相思，也未必得到，嫁給了你，是你的人，仍未必得到，所以古人才有「九死易，寸心難」的感歎。誰得了美人，能兼獲美人的寸心，那就太幸運了。

四七

歡情若遠山，儂淚作春水，載歡泛淚波，願歡淚中死！（明・張明弼〈子夜歌〉，見

《螢芝集》

你的感情像遠山，總在遠方逗留，不肯前來親近。我的眼淚就成了春水，接近泛濫啦！我希望能載著你，在我的淚波中泛舟，也希望你試試我淚波的深度，讓你淹死在裏面！

愛有時是一種受罪，不受罪的愛往往並不深刻，男子在遠方不肯前來，令女子受罪，當創痛的感受深刻時，也想加創痛於人，你讓我流淚成河，我也想讓你在淚河中淹斃。性心理學者說：在求愛過程裏，這種創痛的連帶性是絕對少不得的要素。

戀愛中更有一種「虐戀」的傾向，就是希望將痛苦經驗加諸於人，就像雄雞粗暴的求愛，不用溫柔體貼，反而用咬啄雌雞頸項的手法，叫做「情咬」，人也有在脖子胸口亂咬的，異性對我的創痛不同情，我也要讓對方嚐嚐報復性的虐待，「要你淹死」其實和「情咬」的意義相彷彿，這種痛苦經驗有時是興奮劑，無比的提神力量呢！

四八

欲別難成別，相從未可從，秋風江上水，憔悴為芙蓉。（清・王度〈欲別〉，見《還鄉集》）

將要分別，又不忍分別，乃是心裏割捨不下；想要相從，不可相從，乃是環境牽制不允許。此兩種理想與現實之間的矛盾衝突，要離不肯離，要聚不能聚，便形成了心理上痛苦的癥結。

上兩句「情」寫完了，又去寫下兩句「景」，秋風吹著江上的水紋，涼意漸濃，而岸上草也枯了，芙蓉也憔悴了。這兩句景物彷彿與上面的情感不相啣接，但「芙蓉」雙關著「夫容」，水陸景物的凋殘變成一切都因思念丈夫的言容笑貌而憔悴，頓使兩句景與兩句情，完全關合融化在一起。本詩的妙處就在這二字的雙關。

四九

宦海風帆電影過，百年回首幾蹉跎，情魔自是情根種，安得英雄慧劍多！（清・時慶萊《自怨》，見《鐵石亭詩鈔》）

這首〈自怨詩〉在怨些什麼？百年的人生匆匆將過，回首起來，宦海的變幻，像風帆電影，是蹉跎人的。而情海也不平靜，因為多情的種子，情根遍植，也常引來情魔，情天浩劫，又何嘗不蹉跎人？

宦海與情場，有時都會交臂失之，情的妄念，會影響宦海的前程，宦海的追逐，會影響情的專篤。總之，英雄的慧劍應該多揮揮，揮斷宦海的貪戀，也收斂情海的泛濫，能制伏情魔，使人生了無遺憾，該多好。

百年回首起來，官場的浮沉與得失，沒什麼可留戀可掛心的，反倒是在情場上的歉意與失態，常常是永遠追贖不回的債務，一不小心，正因為多情，反著了情魔，傷害了純潔的秉性，辜負了垂恩的佳人，這才是英雄在擦拭智慧之劍時，常常熱淚盈眶而徒呼負負的心事。

五〇

竹竿魚尾寄情深，只願相如得一心，能賦長門哀怨苦，怎教又作白頭吟？（清・金武祥〈題當壚美人圖〉，見《淮孫詩草》）

猜想這幅〈當壚美人圖〉上，一邊畫卓文君靠在酒店櫃臺上賣酒，招呼客人，而司馬相如則身穿短褲，手持釣竿，釣起一尾魚，將交給文君去做成佳肴。小夫婦倆兢兢業業，一個放下千金小姐的身段，一個也暫時歇下文筆，去勞動生產，為了愛情，面對貧賤也不怕。

司馬相如的文才很高，賦寫得氣韻排宕，詞藻富麗，終於因獻賦而使漢武帝大大欣賞。據說當時的陳皇后被貶在長門冷宮中，知道漢武帝愛讀司馬相如的賦，就以百金求相如寫一篇描繪冷宮中苦楚情狀的〈長門賦〉，皇帝讀了果然感動，而恢復對陳皇后的寵愛。但司馬相如富貴以後，也想聘茂陵的女子為妾，這時卓文君年歲大了，也寫一篇〈白頭吟〉來感動丈夫，相如就停止了納妾的打算。

本詩就以這些愛情事件串成一首詩，勸勉道：希望相如能記得當年的深情，一心一德，將心比心，你既然能在〈長門賦〉中將失寵者哀怨的苦處揣摩得如此纖細，你怎麼會讓妻子也作〈白頭吟〉那樣的失寵詩篇呢？

明人董其昌曾說：「文君以〈白頭吟〉少許，勝〈長門賦〉多多許，故相如心死。」卓文君的真情實感，比相如的麗藻鋪排更感人、令文學家慚惶呀！

五一

儂愛蓮子，郎愛荔子。郎愛荔子，甘口相嘗，儂愛蓮子，相心同房。（明・曾異〈古怨歌〉，見《紡綬堂集》）

模仿古樂府的詩，妙處常在字音的雙關上。

我愛蓮子，蓮憐同音，「蓮子」就是「憐愛你」。郎愛荔子，荔離同音，「荔子」雙關「離開你」。用荔離雙關來寫詩，可能是曾異發明首倡的。

郎愛荔子，荔子很甜，可以品嘗滿嘴的甜味。雙關的意義是郎愛離別，是因郎只貪戀初相見時的新奇甜味，不久就離別，又可以去別處嘗遍新鮮的甜味。

而我只愛蓮子，蓮心很苦，蓮子長在同一個蓮蓬裏，蓮蓬又叫蓮房，在同一房中親愛相輔，用心專一，有不願離分的苦心，只願相互同心，密比同房。而「相心」又合成「想」字。

五二

夢歡來上床，面冷背儂臥，千手撥不轉，無心一扇磨。（明・曾異〈讀曲歌〉之七，

見《紡綬堂集》

夢見你上床來，臉色冷冰冰，背對著我睡去了。上床睡覺的姿勢，就是透露愛情訊息最明晰的肢體語言：熱戀相愛的二人睡覺，頭頂頭，腳對腳，睡成「曰」字形；恬靜安詳式的二人睡覺，手是摟著或握著，一主一從，身體緊靠纏綣在一起，你轉我也轉，睡成「比」字形；只有沒什麼可多談的二人睡覺，面避開面，背對著背，南轅北轍，睡成「北」字形。

你背對著我睡覺，面色寒冷而凝重，我想做一個比喻：你就是只剩一爿的石磨子，脫出了軸心，失去了上下，單單一爿石磨子，又沉又重，又冷又不動，縱使有一千根手指，也休想撥動你這種沒有軸心的單扇的頑石磨！

你沒有了心，就像石磨失去了軸心，誰能感動你呢？

五三

雙燭鐵作心，難燒霜夕永，一邊心難明，一邊心易冷。（明・曾異〈讀曲歌〉之九，見《紡綬堂集》）

兩支蠟燭插在尖銳的鐵心的燭臺上，恐怕很難一直燃燒著渡過這漫長的降霜的秋夜。東邊一支蠟燭燒燒燒，燭臺的鐵心仍在蠟燭底部裏，很難將心燒得豁露出來。西邊另一支蠟燭燒燒燒，早已燒光，鐵心的燭臺已經火盡冰冷了！

以往的詩人詠蠟燭，多以燭蕊比作心，「蠟燭有心還惜別」，用燭蕊雙關有心，本詩獨創以燭臺的尖刺，鐵刺插入蠟燭底部以固定蠟燭者叫做心，「鐵作心」，鐵打冰冷的心腸，已經含義繁富，何況一邊心意黯黯難明，一邊心意冰冰已冷，此種曖昧而令人洩氣的情義，借著兩座高舉的燭臺，羅映眼底，在昏沉欲滅的殘光搖曳中，冰冷鐵刺的心，教人神傷。

五四

獨榻燭猶餘一寸，開門月已去三更，願歡如燭莫如月，夜夜留心對我明。（明・曾異《無題》之二，見《紡綬堂集》）

我獨自躺臥的榻旁，那支放著微光的蠟燭，還燒餘一寸長，我打開門出去望望天上的月色，當空皎潔，卻已過了半夜三更。拿天上的月與榻邊的燭來比較，我希望你能像榻旁的小燭，不必像天上的明月，因為只有這小小的蠟燭，時時保留一段燭心，獨獨對著我個人發出光輝。

我不希望你是明月，明月太顯赫博大了，它是屬於大眾公有的，它是無心且多變的，它不是我的私榻獨自所能擁有的。所以我希望你是短短的蠟燭，那是我私有的，專屬的，獨獨留心著我，而為我一人放光的。況且像燭蕊那般有心，從頭到尾灼燒到底，是我私榻上可以獨自擁有它全部的。

我真心需要的不是公眾崇拜的皓月，而是一心只為了我的殘燭。

五五

數日未來來便去，有時含怨怨還思，眼中若箇堪相恨，不惱伊人欲惱誰？（明・曾異〈無題〉之三，見《紡綬堂集》）

你幾天沒來，剛一來又走掉，有時很怨你，但怨你卻還想你，靜下來思索：眼中的人裏誰最可恨？除了惱恨你以外，還要惱恨誰？

當我喜歡上了你，你又偏將是否在我身邊留下的決定，舉棋不定，故意拉長成懸而未決的情狀，只給點感覺，撒點訊息，讓我在痛苦深淵裏，捉摸不著，愈陷愈深，原本那分喜悅就會轉化成惱恨。戀愛的季節真就是怨恨的季節嗎？

雖然惱恨你，當聽到別人真的罵你，我仍會為你辯護，因為我仍在想你。我不確定是否已被逐出愛的門牆，被拋在閉鎖的感情世界中，遲疑不定，令人更惱恨，我不是惱恨你本身，而是惱恨這種被忽視、被摒棄的待遇，受損的自尊，會形成一波波襲上心來的絞痛。

五六

妾似池中荷，郎似晚來雨，纔得珠來圓，風翻又撇去！（明・吳時行〈採蓮歌〉，見《兩洲集》）

我像池中的荷葉，郎卻似晚來的雨點，雨點打在荷葉上，荷葉歡喜一顆顆勻圓明瑩的雨珠，圓滾滾的像來圓一場夢，但風兒乍起，葉被擎起，珠珠全都拋走散去！

這雨珠在荷葉上滾動的片刻，倍受荷葉的呵護撫愛，正像戀愛時初逢的驚喜吧？但是來是幾點雨，去是一片風，來時感到受寵若驚，夢想自己是郎的白雪公主，去時又陷入孑然空虛，失去了郎有時像失去了自己。

如果這雨珠是荷葉久久所期盼的，那麼這遲來的被愛或愛人的機會，是如何朝思暮想才碰上的呀！郎來到身邊雖然只是匆匆一瞥，我開敞的心靈卻因郎而一觸即緊閉，有時鍾情者短短一接觸，全無防備，傷痕卻深得驚人。

五七

自君之出矣，寬褪石榴裙，思君如病鶴，消瘦不能云。（明・張鳳翼〈自君之出矣〉，見《句注山房集》）

「云」與「雲」雙關，是張氏獨得的靈感，詩的趣味就集結在這一字上。

說自從郎君一出遠門，我的石榴裙，不僅褪色無光，而且腰圍寬鬆起來，消瘦的我一直思念著你，就如一隻病鶴，失去了豐毛美翎，無意於舞風鳴露，已經骨瘦羽鎩，不能唳月淩煙，高飛入雲去了。

妙就妙在不寫「雲」字，偏寫「云」字，不能「雲」變成了不能「云」，消瘦得無法向人傾訴，無法說出口來，有淚也只能自己暗吞呀，一語雙關，使涵意憑添了一倍。

五八

莫因妾是花，遂做妾花枝，花老枝相棄，棄成樹下泥，明春枝上發，別是一新姿。（明・俞琬綸〈古意〉，見《自娛集》）

這是〈古意詩〉的末六句。花的一瓣香裏，可以幻化出種種春情，我不希望你因為我是花，你就想做開著這花的樹枝，接近我，呵護我，一時我好像有了歸屬感、滿足感，我的花開在你的樹枝頭，不久花就蒼老了、凋殘了，樹枝就厭棄了這花，厭棄成樹枝下的泥塵，等到明年枝上另發出葩來，那又是另一番新花季、新嬌美！

古代的女人，沒有獨立的自我，只能被另一個人去占有，被別人占有的人，別人未必願意要她多久，完全攀附的關係會成為負擔而厭倦。缺少獨立的自我，只能以色事人，花落色衰，很容易厭煩。

夫妻關係不應該是花與樹枝的關係，花只是樹的附屬品、裝點品，是不長久的。現代好夫妻應該像兩株樹幹，各自在成長，各自有立足點，卻形成本根一體的「連理枝」。

五九

畏君知儂心，復畏知君意，兩不關情人，無復傷心事。（明・鍾惺〈題范素容所作畫扇〉，見《隱秀軒詩集》）

有人說：「愈是渴求愛的人，在真正面對愛時，往往是逃得最快的一個。」

本詩便是很好的證明：我怕你知曉了我的濃情秘密，更怕自己知曉了你的蜜意傳達，最好兩不相關，沒有情的牽纏，才比較安全，比較不會受傷害！所以當愛苗初長時，就拔除，就掩蓋，凡事打退堂鼓才不至於失望與憂傷。

當然，「去愛」乃是一件很勇敢的事，因為「去愛」常常將自己推墮入一個無法預知的茫然世界，結果是幸福還是絕望、輿論是尖酸還是贊揚，都無法預知，一旦決定「去愛」，就失去對整個愛情事件的掌控能力，付出越多越深的一方，越失去控制權，也越失去退一步平靜無事的機會。所以許多人寧願逃走，寧願放棄情感，寧願要萬無一失的平靜，不願付大代價去追尋幸福。不過，謹慎安全只帶來平穩，不可能帶來生活中最大的幸福。

六〇

所願謂儂癡，所願謂儂薄，剪刀斷君情，歡怨無由作。（明・鍾惺〈題范素容所作畫扇〉之二，見《隱秀軒詩集》）

我所願望的，就是批評我太癡，我所願望的，就是批評我太薄，批評我是個絕情的人，對，我就像用剪刀把你我的情「卡嚓」一剪，情斷義了以後，什麼歡喜、怨恨也就無從興風作浪了。

這詩和前首一樣，都是想藉著理智的保障，免使自己受「歡怨」的煎熬，為了免受傷害，竟先採保護自己的方策，先關上心扉，不敢去愛。

多少愛情專家們會建議：「當愛的機會來臨時，不要裹足不前，要有甘冒失敗的勇氣，好好愛它一次！」

又會評論說：「勇於付出情感，同時也付出很高的代價，但若為了明哲保身而不敢去愛，所付的人生代價往往更高昂。因為不敢去愛、不知情為何物的人，即使風平浪靜，整個人生也空虛得像在大海上飄泊、在沙漠中流浪，一生都會在悵然若失中恍惚虛度！」

六一

女子唯一身，丈夫百爾思，星中露中事，來問儂底為？（明・鍾惺〈後懊曲〉，見《隱秀軒詩集》）

男子可以有各種展現德業身手的機會，而我們女子只有一個身體，如何謹保身子的清白貞潔，是女子最重要的大事。所以星下鵲橋相會的故事，露中花前月下的浪漫，這些事不必來誘問我，我是很會堅守壁壘和男孩劃清界線的好女孩。

「百爾所思」是《詩經》的句子，本詩正用《詩經》裏「士之耽兮，猶可說也；女之耽兮，不可說也」的意思，鄭玄說：「男士有百行，功業善行，都可以抵除行為上的污點，而女子沒有功業表現的機緣，所以只以守著貞信為節操。」所以《詩經》認為男子去耽樂，還可能有功過相抵的評價，女子一耽樂，就無從補救起了。

表面上，男子雖然以星中露中的浪漫幽情來誘悅女孩，提出大膽的要求，以柔情愛意騙女孩上鉤，骨子裏，越是不肯輕易屈就的女孩就越迷人，男孩心中很清楚誰是好女孩，他們心中真正敬重的仍是保有貞操的好女孩。

六二

郎自志心人，不用頻鍥臂，儂命郎所為，好醜作儂計。（明・鍾惺〈後懊曲〉，見《隱秀軒詩集》）

你是有真心、有志氣的男孩，用不著在臂上刺字，或用血書寫信，我已經相信你，自然不必再發誓賭咒，我的命運已經完全交給了你，任你安排，是好是醜，都依著你，就為我作決斷作計劃吧！

是真的愛上了你，甘心豎白旗繳械，放棄我的自主權，因為我明白你也是用真感情在對我，才讓我也學會真正付出感情去愛。

懂得用真感情去愛的人，不會只耽迷在初墜情網時眩目的狀態，也不會只像浪漫式的愛人，為了恐懼失去對方，儘想些刺激的點子，寫血書啦，刺青啦，一有機會就想占有對方啦。用真感情去愛的人，會用心去了解雙方、相互學習，並安排前程，會以美好的生活計劃來回報佳人的垂青。

六三

儂自目送郎，請郎莫回顧，恐郎為儂辛，淚亦為郎茹。（明・李流芳〈隴上別〉八首之七，見《檀園集》）

我牽著你的衣服，躊躇不語，僵持不了多久，終究只有用眼睛目送你離開。離去時，請你不要回頭看我，你一回頭，就會為我的孤單而感到悲辛，我不希望你為我的悲辛擔憂，所以強忍著大串眼淚往肚裏吞。

〈隴上別〉共寫了八首，從青青隴麥、離離江樹的別景寫起，寫兩人難分難別，自從相愛以後，滿腦子都是「連理枝」、「並頭花」，不再是單身時自由的想法。折下「並頭花」來，手裏拿一朵，送給郎一朵，請郎不要多想花的顏色好不好，請郎多想想兩朵並頭花，如今像天上不相見面的參星與商星了。郎一遠去，像失掉茂林的鳥，無處歸宿，而我也像車輪下的泥塵，隨便被棄置了。

分別以後，最好像不曾相識過，單單想著會有重逢的一天就是了。分別以後，要相互勉勵：「但願加餐飯，不願長相思」，要像若無其事，才能平安地戰勝離別的愁苦。

六四

儂來風似箭，儂去月如霜，不畏風霜苦，但喜夜未央。（明・劉遵憲〈夜渡娘〉，見《來鶴樓集》）

後代把「夜渡娘」當作娼妓的代名詞，其實早期在樂府清商曲西曲中，是一首可愛的情歌，只是在描寫夜間大膽赴約的女孩罷了：「夜來冒霜雪，晨去履風波，雖得敘微情，奈儂身苦何！」夜晚冒著霜雪去約會，凌晨乘著風波的船回來，只能有幾小時敘敘微情的機緣，感歎著身世的艱辛與命苦。

本詩也是在寫一個不畏風霜寒苦的女孩，管它來時風像箭刺，管它去時月如霜冷，這些我都不怕，就喜歡夜還沒太深，能夠一慰相思，什麼苦都成為樂了。

黃蘗禪師不是說過嗎：「不經一番寒徹骨，哪得梅花撲鼻香？」勇敢地去愛，好好地活得像樣的一次，遠比畏首畏尾、顧這顧那，到頭來又一輩子後悔良機坐失要好多了！

六五

誰道長虹有美人，游魚爭識曉粧新，佳期豈待招靈鵲，微步偏憐賽洛神。（明・鄧雲霄〈橋上美人〉，見《越鳥吟》）

誰提起那長虹一般的橋上來了美人，橋下的魚都游過來一睹新梳粧的嬌美容貌，佳期在即，已在橋上，自然不必再等待喜鵲來搭橋，她緩緩移動橋上的蓮步，像洛水中出現的女神一般美了。

鄧雲霄另外又寫〈鏡中美人〉道：「湛湛菱花絕點埃，雙雙寶靨笑顏開，遠山忽向湘波現，孤影疑從月殿來！」菱花鏡面瑩澈無塵，展開的笑顏上一雙明顯的大酒窩。眉是遠山黛峰，眼是湘水秋波，呵，鏡如明月，這鏡中絕美的身影一定就是月中嫦娥下凡吧？

像這類描寫美人的詩很多，古人叫做「宮體詩」、「香奩體」，又或稱為「色情詩」、「豔情詩」，但我覺得詩中只寫女性的容貌儀態，只將女性當作「物」去欣賞歌詠，不曾把她尊重為有獨立人格的「人」去愛戀，所以詩中僅有「色」、僅有「豔」，並沒有生死以之的「情」在內，此類「假情詩」我是不收錄的，像明人顧起元寫了〈豔詩〉一百首，本文都不採入，就是這原因。特別舉本詩為例，作為比較說明之用。

六六

結交不成容，嬌容會尚老，結交不在心，真心那能保？江上芙蓉花，相看總秋草。（明・王士驌〈古意〉，見《中弁山人稿》）

男女結交，不能結交在容貌上，再嬌美的容貌也會老的；男女結交如果不結交在心上，那又如何保有真心的相愛呢？所以江上的芙蓉花，只有貌，沒有心，不久就枯萎，總和秋草的枯萎沒有兩樣的。

結交以容貌為主，一旦美貌消失就愛不下去、活不下去，這樣的愛註定是短命的。除了貌，一切外在光彩眩目的東西，都不是可以長期寄託的條件。結交就要靠心，所謂「口諾不如心諾深」，當然，心也會變，王士驌不是又寫嗎：「君心莫若山，高山有時崩；君心莫若海，滄海還成陵」，要結交到一顆海枯石爛、地老天荒永恒不變的真心，有深度承諾的能力，那自然很難，唯其難，價值才特別珍貴。

遇到「真愛」是天降的大福氣，一生足以無憾。多少人只在條件交換下湊合過活，「真心」二字根本沒有夢見過。

六七

妾本河邊柳，隨風不自持，君為上林鶯，胡乃眷卑枝，棲息詎能久？飛遷諒有期，折

此柔條贈，寄言長相思。（明・許宗魯〈古意〉，見《少華山人文集》）

我倆是門不當、戶不對的一雙情侶，我只是河邊的柳樹，隨著大環境的風吹，缺少自主的力量，而你是上林高貴的黃鶯，為什麼眷戀我這凡俗的枝幹呢？料想你這「尊客」不可能在低微的枝椏棲息太久，不久就高飛遠走向喬木上林，但感謝你的眷愛，且折一枝柳條，聊寄一片曾經相思過的心意吧。

古人的門當戶對，大抵以出身、權位、財富、學歷為標準，這種舊有的門當戶對觀念，在新式的自由戀愛的眼光裏，早淪為落伍與勢利。但新的婚姻觀，也不是不需要門當戶對，老艾說得好：今日需要另外的三種門當戶對：

㈠是價值觀的門當戶對——不同的價值觀形成每個人基本生活方針，以及待人接物的方策。

㈡是審美觀的門當戶對——要家居生活處處順眼適意，雅俗的品味最好相似。

㈢是生活觀的門當戶對——起居習慣不能有南轅北轍的衝突，不能一輩子靠妥協隱忍過活。

有這三種門當戶對，婚姻才有強韌的內聚力，老艾稱之為婚姻的三合土。

六八

錦衾眠不穩，碧月向人圓，一片清光意，隨君掌上看。（明・莊天合〈春閨怨〉，見《莊學士集》）

「春閨怨」是情詩中常見的主題，誰能將表面的「怨」之中，骨子裏充盈著「愛」，誰就是高手。

本詩寫閨房中的錦衾寶帳，無助於睡眠，怎樣也睡不穩、睡不著。望望天空的碧月，正向人展示又圓又皎潔的光影，月圓總是令人想起人要團圓吧？但明月默默無言，只撒下一片清光，清光裏給多少「千里共嬋娟」的離人，無聲的傳遞、無邊的想像。我想你也正在這柔和的月光下，用手攬滿一掌的月光，月光就是我的想念，就是我的相思，請在掌上細細欣賞遠方的我這一片清澈而深情的心意吧。

人在遠方望不見，月光卻近在咫尺，攬手可得，就是一種離人的安慰；人在遠方蹤跡不定，無從揣測，月光卻固定在天上，仰頭即見，更可以到達你手上，隨君賞玩，在離人無奈的眼光裏，難怪將月光視為郵遞的信使，視為夢裏的容暉，視為電光幻化的身影了。

六九

從來姝麗定驕人，不是相當莫便親，贏得慚惶長滿面，豈知亦自有綦巾。（明・婁堅

〈色喻〉，見《吳歈小草》

自古以來生得特殊漂亮的小姐，必然是以驕傲的態度待人的，要追求特殊出眾的尤物，就得先衡量自身條件是否相當？沒有自知之明便想去親近，必然贏來長時間的滿面慚惶，越不死心越難看，何必呢？

難道不明白上蒼自有安排，平凡的男子自有平凡的「縞衣綦巾」相匹配，什麼籠子養什麼鳥，不是與你相稱的麗姝，你去窮追不捨，瘋狂單戀，只追到了一臉的羞愧！

雖然俗諺有「節女怕情郎」、「貞女也怕死纏」，但麗姝追求者眾，養成輕侮驕人的習慣，多所挑選，盤算得也更現實，若只迷惑於她的色彩，即使「輕生靡財以殉之」，不過惹人非笑，未必能贏獲芳心。明人葉向高說：「人情有所溺，必有所窮。」不自量力的惑溺，給戀人壓力，或給自己壓力，結果將是危險而滑稽的。

七〇

矉笑由來不可知，故將癡喜對癡兒，傍人總道相輕甚，獨自深情未肯疑。（明・婁堅〈色喻〉，見《吳歈小草》

撐大眼睛嬌嗔，掩起袖子嗤笑，從來是很難弄清楚它真假的含義，尤其是一位麗姝存著捉搦相戲的心情，故意用令人癡喜的言辭，說反面話，對付這個迷了心竅的癡兒，那更聽不明白話中是嘲弄還是鼓舞。

在旁人看來那已經是拒絕得徹底了，輕侮得到家了，但著迷的追求者，不知趣，不厭倦，繼續黏昵親近，不肯離開，仍獨自深情地不肯懷疑。

首句「矉笑由來不可知」，可能是用白居易的詩意，白詩說：「陰陽神變皆可測，不測人間笑是矉。」白詩寫人情反覆莫測，笑的背後可能是怒。而本詩寫惑溺者連笑怒迎拒一概分不清，一味自作多情，人間的愚騃，此最可笑。

七一

剪花如剪心，妾心難自由，花剪恨不恨？心剪愁不愁？〈明・傅汝舟〈剪花〉，見《傅山人集》〉

一朵再美的花，一生只能被致命的一剪，全部生命的意義，就在這一剪以後供奉出它全部的美。古代女子的心，一生也只能被剪一次，剪心以後奉獻出她的一輩子，所以說「剪花如剪心」。

被剪的花，毫無自主性，被剪的心，也失去了自主性，遷東移西，被供奉還是被棄擲，都沒有自由選擇的餘地，因此若要問花枝被剪時恨不恨？就像問芳心被剪時愁不愁一樣了。

傅汝舟筆下的女性，常是十分脆弱、黯淡，他說女性的光，只像螢火的光，僅能照身不能照郎；又說女性的光，更像燐火的光，常能斷魂何啻斷腸，而燐火經不得太陽，螢火經不得嚴霜……。讀他的詩，令人對古代女性身不由主，只像被採的花，命運遭遇全依託在別人手上，所謂「離枝一寸即天涯」，教人一掬同情之淚。

七二

女蘿妾自比，松柏將比郎，豈意山上松，化為陌頭楊，春風一朝起，飛絮逐人狂。（明・顧紹芳〈婉兒怨〉，見《寶菴集》）

妾身比作女蘿，郎君比作松柏，這是古來常見的譬喻，妙就妙在想不到托身的山上松柏，自我作賤，竟化作陌頭的楊柳，松柏堅貞不變節，楊柳裊娜多媚態，一朝春風吹起，柳枝上飛絮漫天狂飛，東西亂飄，心無定準，泥塵狼藉，更不啻是柔媚無骨而已了。

嫁一個晚年變節的丈夫，不如嫁遠方征戍的小卒，也不如嫁重利輕別的商賈，顧紹芳曾說：「寧作遠別離，何堪眼前擲！」遠方別離不見，只要還知曉一些生存的訊息，仍有思念的恩情維繫著，心中松柏一樣仰望的偶像，至少還不曾完全破滅，而眼前就將妻子活生生拋擲棄置的丈夫，心肝冰冷，醜陋無情，真令妻子不堪承受那被拋下的羞恨。

七三

楊柳青青楊柳黃，青黃變色過年光，妾似柳絲易憔悴，郎如柳絮太顛狂。（明・薛蘭

英〈蘇臺竹枝詞〉，見《名媛詩緯初編》

楊柳是「多情樹」，又是「無情樹」，所以楊柳在情詩中常扮演多重的角色，有時被咒罵，有時被憐惜，乃是具有多樣性比擬不完的好題材。前面一首指摘男子變節為楊柳，此一首又自況為憔悴的柳絲。

本詩在同一株楊柳樹上取材，說楊柳一會兒青青，沒幾時，一會兒又變黃，就在黃變色成青、青變色成黃的遞換中，年光就流了過去，我是柳絲，很容易憔悴，你卻是柳絮，顛狂而不規矩，當我憔悴時，你正不知探向誰家庭院去了！

柳條的榮衰固定，與柳絮的張狂不定，形成了對比，然而兩者乃是同根同株，有著夫婦一體的暗喻在的，在別人憔悴憂鬱的容顏前，你應該飛揚跋扈地「太顛狂」嗎？

七四

玉砌雕欄花兩枝，相逢恰是未開時，嬌姿未慣風和雨，分付東君好護持。（明・薛蘭英〈贈鄭生〉，見《名媛詩緯初編》）

在雕欄玉砌的庭院裏，有兩枝穠豔的花，正含苞待放，而你我相逢，也恰好在這「人待嫁，花待開」的青春季節，希望你能珍惜這兩株嬌生慣養的花朵，它習慣了護惜周到的精美庭院，不習慣風欺雨妒，且吩咐春神要好好護持著它們呀。

少女由於經驗少，閱歷淺，未經風雨，在愛情對象裏反因純情稚嫩而格外惹人憐愛。本詩借花自喻，道出委託終身後，希冀被護佑的心願。

七五

翡翠雙飛不待呼，鴛鴦並宿幾曾孤，生憎寶帶橋頭水，半入吳江半太湖。（明・薛蕙英〈蘇臺竹枝詞〉，見《名媛詩緯初編》）

兩隻翡翠鳥比翼雙飛，默契十足，不需等待對方的呼叫，要起飛就起飛，要棲宿就棲宿，左旋右轉也毋需示意，自然地成雙成對齊翅迴轉。另外兩隻鴛鴦，日日夜夜黏在一塊，你走我也走，你止我也止，像形影一般相隨，幾曾獨自孤宿呢？

由於對鳥兒的印象太好了，相形之下，寶帶橋頭的流水就令人討厭，因為水到這橋頭就分流，一半分入吳江，一半分入太湖，滾滾茫茫，不知何日再會合，哪能像翡翠鳥、鴛鴦鳥廝守在一塊不分離呢？

七六

美人絕似董嬌嬈，家住南山第一橋，不肯隨人過湖去，月明夜夜自吹簫。（明・曹妙清〈寄楊鐵崖〉，見《名媛詩緯初編》）

嬌嬈是指婆娑弄影時妍媚的樣子，杜甫〈春日戲題惱郝使君兄詩〉有「佳人屢出董嬌嬈」，董嬌嬈就成為一代佳人的代名詞。她家住在南山的第一橋，南山是隱士的福地洞天，第一橋是數一數二的勝地。如此一位美人，藏身在如此一個地方，別人都已經從湖這邊，渡過湖那邊去，只有這位美人不肯隨人渡過去，就一直守著這座南山，守著這座第一橋，在月明的夜晚，夜夜獨自吹簫，自得其樂地享受著高出人群的孤寂之美。

「渡湖」在《詩經》時代就象徵著結婚：「招招舟子，人涉卬否，人涉卬否，卬須我友。」擺渡的舟子向行人一再招手，行人一個個都依照舟子的召喚涉過水去了，只剩我不肯渡過去，別人都肯隨便渡過，只有我不肯，因為我一直堅持等待到同心的摯友才願上渡船，我不是舟子招招手就會隨他而去的人。舟子，自然比喻著媒人。

曹妙清，字比玉，自號雪齋，冰雪樣的懷抱，白玉樣的矜持，到三十歲也不曾出嫁，這首詩寫給楊鐵崖，楊是元末明初與許多才女結文字緣的逸士。明人徐𤊹有〈曹妙清詩〉道：比玉芳名號雪齋，更無春色入幽懷，橫琴獨坐香閨晚，欲把新詩和鐵崖。」正針對本詩而發。

七七

儂做春花正少年，郎做白日在青天，白日在天光在地，百花誰不願郎憐。（明・劉基〈吳歌〉，見《藜照樓明二十四家詩定》）

我變成了春季的花，正當美好的少年，你變成白晝的太陽，在亮麗的青天上。太陽高懸天空，光芒普照地面，盛開的春花誰不在爭取陽光的照耀？一如我們少女誰不在爭取郎的愛憐？

劉基是秉性剛毅的正人君子，又兼開國功臣，封為誠意伯，他也不以情詩為諱，反而加以創作，作為倡導。其實治國平天下的大道理，就肇基於男女正確的戀愛觀，所以《詩經》以關雎求偶為第一篇，《易經》以陰陽乾坤為第一卦，《易經》下卷以男女感應的咸卦開端，古聖先賢都明白愛情是生活的支柱，安身立命的第一課，沒有愛情，很難有美好的生活。

七八

糟糠之妻無所厭，憂樂同心臣不賤，桑葉陰陰清晝晡，至今人恨魯秋胡。（明・來汝賢〈詠宋弘曲〉，見《家珍錄》）

魯國秋胡妻自殺的故事，驚醒並感動了許多詩人，而以這感動來正心律己、切身實行的，明代來汝賢就是一個很好的典範。

秋胡辭家在外做官五年，有一天帶著儲積的黃金回家，快到家時，瞄見隱密的桑園裏有一個漂亮的婦人，秋胡就拿黃金去向婦人現寶，追求這美婦人，卻遭到婦人嚴峻的拒絕。後來回到家中，四處找妻子，妻子從桑園歸來，秋胡發現原來就是剛才在桑間向她獻金調戲的美婦人，妻子也認出心中仰望的良人，原來是在家門附近都會做輕薄的動作，在外五年還靠得住嗎？一陣哀傷襲心，竟狂奔投河而死。

秋胡戲妻的故事，千古引為警惕，所以有位富翁要以妹妹做來汝賢的妾，來汝賢再三辭謝，絕不動心，並做這首詩回絕：我對糟糠之妻毫沒厭倦之意，多少歲月中都是憂則同憂、樂則同樂，兩人同心一致，我絕不會嫌她出身貧賤的，且看那桑樹林中密密陰陰的白晝與黃昏，至今有人對著桑樹在憾恨秋胡的輕佻，誤了一生的幸福呢！

七九

遊子天邊路，閨人指上期，莫因一語誤，愁亂髮千絲。（清・郭礎〈古意〉，見《天下名家詩觀初集》）

遊子天邊路，是寥闊敻遠而瞻望弗及的。閨人指上期，是近在咫尺而可以一一計數的。一個行程不定，一個屈指細數，一個天涯奔波，一個閨中佇立，此種等待難挨的歲月，就在這鉅細對比、動靜對比的形容裏，使這十個字很精妙。

兩地相隔，最怕是訊息訛傳，亂起猜疑，要相互堅定地信任是最難的。別為了一句誤傳的話，使得愁思翻攪，像亂髮千絲一般，無從梳理呀！一句假消息攪起了千般愁，使安慰的話也無從說起。

古人評這首詩說「憐極」，是欣賞寫遊子愛憐妻子的情懷，寫得如此小心周到！

八〇

閨人惜顏色，對鏡自怡悅，郎面不如鏡，妾心亂如雪。（清・郭礎〈古意〉，見《天下名家詩觀初集》）

閨中的女性最珍惜自己的容顏美貌，愛顰愛笑，對著鏡子自憐自賞，所以一見鏡子就怡悅，但是郎君的臉色卻不如鏡子，一見郎君陰沉的臉，卻不能如見鏡子那般開心，這種失望，使心緒紛紛，比雪花紛紛更亂更冷。

鏡子是無情的，郎面是有情的，郎面反不如鏡子，不是很諷刺嗎？對著鏡子怡悅，其實是對著自己，鏡子善待自己的容貌，所以怡悅。對著郎面卻不怡悅，可見郎面不善待妾貌，所以使妾心亂得像雪片紛飛，如此輾轉地形容，都不直說，因而前人評本詩為「曲而妙」。

八一

同茲清夜月，卻照兩人情，但願心相照，何須月太明。（清・陳志諶〈閨情〉，見《天下名家詩觀初集》）

一同欣賞著清澈的月亮，月光卻照出不同際遇的兩地情感，但願心與心朗朗相映照，就不必計較月光的亮度與陰暗了。

月光與心靈都是可以千里共通的，月亮是有形的東西，心靈是無形的東西，月光亮不亮仍在具體能量的層次，靈犀通不通乃是抽象精神的層次，但求心靈能照徹遠方，百感百應，就不在乎月色的陰晴圓缺了。

八二

雙槳採蓮去，香搖綠池水，郎待折荷花，儂待摘蓮子。（清・葉奕苞〈子夜歌〉，見《天下名家詩觀初集》）

划著雙槳採蓮去，荷花盛放，荷葉田田，池水間不是綠就是香，荷葉輕擺，綠意成雲，荷花朵朵，香氣襲人，郎在蓮葉間只在挑選美豔的花枝去攀折，而我在荷塘中卻去等待蓮子的成熟才摘取。

郎待折荷花，是貪戀荷花的顏色鮮豔，儂待摘蓮子，蓮子雙關著「憐子」，正是「愛你」的雙關語，荷花是表面姿容的世界，蓮子則有深刻精神的天地，你愛華，我愛實，各有所愛，所愛之中自有深淺虛實的高下層次差別，在採蓮的愛情比喻中，又創發出一層新意。

八三

妾在橫塘上，江潮日蕩漾，潮水有來去，郎心無定向。（清・李贊元〈江南曲〉，見《天下名家詩觀初集》）

潮水也是情詩中的基型之一，早在唐人就有「早知潮有信，嫁與弄潮兒」的說法，潮水來去有信有定時，成了閨中婦人中意的好品性。

妾在橫塘旁住，江潮日日蕩漾起落，潮水來的時候漲潮，潮水去的時候退潮，何時來何時去，都可以推算，都能準時應驗，而獨獨郎的心，一直沒有固定的動向，不像潮信那樣可以明確推斷來去的時間。

思念也像潮水，時時起伏，郎的行為能像潮水嗎？連起碼的信任都不能確立，如何建立幸福的愛情呢？

八四

吹息向楊花，隨香落歡手，歡自不至誠，翻畏傍人取。（清・王言〈楊柳曲〉，見《天下名家詩觀初集》）

柳絮楊花也是情詩中的基型之一，水性楊花，由於太活絡，太輕飄，被比喻作輕浮隨便的男女情感。

向楊花吹一口氣，楊花就飄飄搖搖，隨著一縷香氣掉落到郎的手上，郎自己不夠至誠，缺乏自我堅定，反而擔心別人先取得了楊花。

這詩也有點像唐人寫章臺柳：「縱教長條似舊垂，也應攀折他人手！」自信不夠的人，往往先懷疑別人。

八五

涉江種芙蓉，青荷幾時有？但使蓮心生，何慮不成藕？（明・李攀龍〈子夜歌〉，見《明四家詩選》）

蓮花是水鄉寫不盡的情愛題材，涉江種芙蓉，芙蓉也是蓮荷的異名，芙蓉是「丈夫容貌」的雙關語，植芙蓉也是播種情苗愛種的意思，幾時長成青眼垂垂的綠荷呢？只要以真誠贏得他生出憐愛之心，那就不怕不成為連理配偶了，蓮是憐愛，藕是配偶，循著這雙關的慣例，早已成戀愛中的共通語言。

勤於播種，才有收穫，勤於種芙蓉，才能長成藕，慇勤於培植情種，自然會引發同情的愛苗，而結成佳偶。

八六

桑葉老欲盡，春蠶已就眠，哪能不作繭？絲子自纏綿。（明・李攀龍〈子夜歌〉，見《明四家詩選》）

吐絲作繭也是情詩中的基型之一，唐人早有「春蠶到死絲方盡」的比喻，絲思雙關，情絲束縛人，比什麼都緊纏而難以解脫。

春天將盡的日子，桑葉也快要老盡了，春光老去的時分，春蠶也已經停止進食，偃伏不動，只將頭兒扭來扭去，都去尋找睡夢裏化蝶的夢境了。哪條蠶兒不是經過初眠、再眠、三眠、大眠等過程，然後上簇吐絲，做成蠶衣，用絲子綿綿密密地做成白色包身的圓繭，吐盡了絲子方罷休，獨自周身纏綿不已！

這詩的趣味，集中在「絲子」雙關「想念你」，因想念你而不知不覺纏綿無盡。

八七

華燭帳前流，照儂無歡影，拔釵向裏床，還郎夢中整。（明・秦聘璁〈子夜歌〉，見《扶輪集》）

光華的蠟燭點亮在床帳前，流光照室，流蠟成淚，也常常是情人們動心的密友。燭光只照著孤獨的我，照不出我與郎君的儷影雙雙，燭光好像窺出了我的心事，也好像同情著我，我只好用背對著燭光，轉身向裏床，拔出髮裏的金釵，期待在夢裏交給郎君，期待他在夢裏替我重整髮型，為我添粧。

現實世界中無法滿足的事，只期待在夢境中得到補償，而冷眼旁觀的蠟燭，由未睡照到入睡，由入睡照到夢醒，是夢非夢，是真非真，是孤影是儷影，只有這一語不發的蠟燭始終旁觀著我心事的演變，彷彿什麼也瞞不了它。

八八

相晤既不怕，相看苦有限，那得娘身上，生儂一雙眼！（明・董斯張〈懊儂歌〉，見《扶輪集》）

古時候，有情的男女見一次面，都是一件需要十足勇氣的事。冒險見一次面，羞澀的心砰砰跳地可怕，既而能定神心不跳，卻仍不敢看，既而放膽去看而心不跳，卻仍不敢直看、不敢多看幾眼。

所以詩中說：相晤面了，能夠不怕羞了，卻又不敢多看幾眼，苦於所見十分有限，哪敢盯住郎君看個清楚看個周詳呢？於是忽發奇想，如果能夠在我娘的身上，替我多長一雙眼睛，由娘老練地出面，令我不害羞地多看看，看個仔細，看個明白，那該多好多過癮呀！

八九

郎正出門時，儂向燈火笑，郎莫疑儂心，為是郎佳兆。（明・周聖楷〈懊別曲〉，見《扶輪集》）

郎君正要出門分離的時候，我居然對著燈火微微地笑，郎君切莫懷疑我心中是在喜歡離別，不以離愁為意，其實我是看見燈花在爆裂，油燈草蕊上的餘燼，爆裂成巨型的花形，有時還嗤嗤作響，是報喜的好徵兆，宣告郎君此行將大有斬獲，我是為此而替郎君歡喜。

油燈草蕊上的火焰忽然焰花四迸，輕裂作聲，古人視為「恭禧發財」的預兆，早在漢代就有「占燈花術」，《西京雜記》中引陸賈的話說：「燈火花，得錢財。」燈花報的是得錢財的佳兆。《梅花神數》中也說：「燈花報，喜鵲叫，燕子雙雙返故巢。」則燈花更是通俗民間視為郎君獲利凱歸的好兆頭。

九〇

不肯怨歡薄，不忿改儂癡，儂有不平事，總是歡所為。（明・周聖楷〈懊別曲〉，見《扶輪集》）

女子在戀愛的時刻，心思全寄放在情郎身上，女子在結婚以後，最在乎的就是丈夫的喜惡反應，因此婦人的快樂或憂傷，幾乎全來自丈夫方面，凡事都堅強得不易擊敗的女性，只有丈夫不順心的一言一行，可能立即使她崩頹，成了她不易抵禦的嚴重傷害。

本詩大意：無論如何說，我不肯輕易怨你薄情。無論如何說，我不肯氣憤地改變對你的癡心，其實我心中若是有了忿忿不平的事件，幾乎都是緣由郎君的作為。除郎君以外，別人我都不會在乎，而只有你，一舉一動，我都十分在乎！

九一

辛苦結歡意，拋作流水波，雙肩畫列宿，負星一何多！（明・朱隗〈讀曲歌〉，見《扶

輪集》

多方辛苦地下工夫，巴結你，為的是爭取你的歡心，沒想到這些固結綢繆的心意，全被拋擲到流水波裏，隨流水而逝，枉費多年的心神。你的雙肩就像畫了二十八座星宿，背上的星星何其多呀！

全詩的妙處就在「背上的星星何其多」，「負星」與「負心」一音兼攝兩意，而用星心雙關的詩句不多，如本詩這樣用，用得妙而極富創意，當然很出色。「雙肩畫列宿」在日常生活中並非太稀奇，只要穿一件背後畫有星星的衣服，背負的星星就很多很多了。

九二

提壺擲歡面，壺破剩耳嘴，有口但無瓶，誤儂此邊耳。（明・曾異〈讀曲歌〉，見《扶輪集》）

提著一個小茶壺擲向郎君的面孔，結果茶壺的肚膛破掉，只剩下提拿的「壺耳」，與倒茶的「壺嘴」，仍完好著，剩下「壺嘴」卻失去了「壺瓶」，還有什麼用？連掉落在我這邊的「壺耳」也耽誤無用了。

本詩的匠心妙處，是利用「瓶」雙關為「憑」，只剩「壺嘴」失去「壺瓶」，變成了「有口但無憑」，甜言蜜語，油嘴滑舌，只是嘴上空談，無法憑準，耍耍嘴皮而無實際的作為，只能耽誤我這雙老實得近乎傻瓜的耳朵，聽後誤以為真罷了。

曾異是明代寫情詩的聖手，他的《紡綬堂集》中，情詩不少，而且竭盡心智，以求不落前人俗套的窠臼，每每創造新的雙關意象，我在《詩林散步》中多次引用他的作品，在本文的第五十一、五十二、五十三、五十四、五十五首，又已介紹了五首。

九三

與郎合歡久，忽然談昔日，面如霜後楓，復作春花赤。（明・卓人月〈子夜歌〉，見《扶輪集》）

與郎君結縭了許多年，也許快銀婚了，也許快金婚了，忽然談起從前初次認識的光景，如何面對，如何啟齒，如何動情，談到那時羞人答答的種種往事，面孔依然像秋日霜後的楓葉，又恢復了春日花兒的赬紅啦！

安定的婚後的情詩，是最難寫的，本詩掌握了回憶時難以忘懷的初識羞澀，這情懷隨著年華老去，卻又在頃刻間恢復青春的活力，紅暈泛起在已老的臉頰上，依然美如春花。

九四

檀郎世希有，養郎如養龍，破壁忽飛去，好畫已成空。（明・卓人月〈子夜歌〉，見《扶輪集》）

古代的美男子潘安仁，小名叫檀奴，於是後人將心中的如意郎君，美稱為檀郎，一想起他，就感覺香噴噴的令自己心神降伏。

要找一位心儀的檀郎，世界上是稀有的，即使真有了檀郎，怎樣用網捕捉他已經不容易，捕捉以後怎樣用樊籠栓住他就尤難了，因為豢養郎君就像豢養神龍，即使是壁上畫的神龍一旦點了睛，也倏忽震生雷電，破壁飛去，原來的好壁畫，全成了一片空白。也許畫話雙關，郎如神龍飛走，一切當年的好話，全落了空。

這詩用《名畫記》中張僧繇在金陵安樂寺中畫龍點睛的故事，畫了四條龍，二條一經點睛，就霹靂一聲飛走！只剩尚未點睛的二條依然躭在壁上。比喻檀郎一經竄紅，身價百倍，就不是私家閨房裏籠絡得住的，這家那家，不知破壁後飛往天外誰家？任情遊龍戲鳳去了，養檀郎成了名最後往往是一場空。

九五

屏帳日不施，反覆坐華簟，盛暑無容儀，郎來不相見。（明・孫臨〈子夜夏歌〉，見《扶輪集》）

為了維護一個美好的形象，許多女性是抱持「頭未梳成不許看」的態度，不隨便見人，要求形象美一些，需要從腳到頭多少的修飾裝扮，而要形象毀掉，只需隨便邋遢一番即可。

本詩說：屏風與帳幕，因為天氣太熱，都撤去了，整天都不用。汗流浹背，只好反反覆覆坐在涼蓆上，這邊孵熱換那邊，那邊孵熱又換這邊，躲在涼蓆上避暑。溽暑天不能注意容儀的整潔，所以情郎盛夏忽然來訪，令人尷尬，來不及梳粧，只好避不見面。

維護形象的美好，是女性強烈的願望，常言道：將軍與美女最好都不讓人間看到他們白頭的老態。一位皇后病重後容貌難看，竟拒絕皇帝見最後一面，想讓美好的記憶長存，不受病魔的損壞。

九六

歡來來，殷勤通數語，刺耳不入心，百計究無補。（明・程邃〈讀曲歌〉，見《扶輪集》）

想念你能常來來，你也真的常來來，一來只有開頭幾句話順耳，多聊幾句，就越講越頂撞，越不順心，為了消弭那些嬉笑侮慢刺耳而不順心的話，我用了各種自我解釋的角度，但是想了一百種解釋，依然對心情的平復毫無裨益。

這當然是太在乎你了，試著用各種自我的勸告，告訴自己別如此在乎你，那些爛話就算沒聽見，然而百計皆無效，一直反覆咀嚼那幾句在耳邊迴響的爛話，像刀一樣刺得太深了。

九七

無可自為思，翻代歡設想，歡多暗昧事，宜得通情講。（明・程邃〈懊儂曲〉，見《扶

輪集》

閨女的心思集中在情郎的身上，有時將自身的事情都想畢了，無可再想，就去代替情郎想事情，假設情郎幾天沒來，是生病了？是別有約會了？是有許多幽昧的故事了？愈想愈多，情郎一定有許多暗昧的隱密情事，希望將來有交往情密的一日，讓你不拘小節，不假裝正經，不怕我吃醋，把心中幽暗角落裏的眾多浪漫故事，一籮筐都倒出來讓我聽聽呀！

古語說「女子善懷」，閨女都是善於多方設想的，能夠通達到代替對方設想，設想你把風流韻事一一招認，成為閨中笑樂的話題，掏空了秘密，坦承了往事，反倒更令人可信，那時刻倆人的情誼自然是無所不談，毫無忌諱，即令有些吃醋，仍能尊重對方，情誼尤為厚實。

九八

聞歡讀書聲，悔儂不識字，儂字在心頭，記歡心裏事。（明・程香孚〈懊儂曲〉，見《扶輪集》）

聽到情郎的讀書聲，真懊惱我自己不認識字，我的字不是用筆寫的符號，而只是自己心頭記事用的，特別是專用來記情郎心裏想說的話、想做的事。

古代的女性大部份是不認識文字符號的，但也各有自己獨具的記事符號，雖不是紙上的字，但卻是心上的字，紙上的字散漫，心上的字精要，紙上的字真假難辨，心上的字有血有肉，許多文字符號表達不出的情狀，也許在獨具的符號下記錄了更多隱密的情趣。

九九

百計轉歡心，歡心終不悔，不憤問他儂，如何使歡愛？（明・程香孚〈懊儂曲〉，見《扶輪集》）

這首詩可能有二種截然相反的解釋，一種是：想盡了各種方法，要挽轉情人的心，但無計挽回，情人絕情而不悔改，我並不氣憤，只用平靜的口氣問他：要如何才能贏回你的愛意呢？

另一種是：想盡了各種方法，想移轉追求者的心，教他別再糾纏我愛我，但是追求者就是不肯改變主意，死纏不悔，能不氣憤地責問他一句：我有哪一點好，讓你愛我愛成這個樣子呢？這詩所以有相反解釋的可能，是由於中國詩句簡略，缺少主詞。

《扶輪集》的編者黃傳祖在本詩後批了一句：「傲得有致」，顯然他是主張後一種的解釋法，此種講法能將女性傲慢的口氣摹擬得很傳神。

一〇〇

相愛不相歡，多作相思死，盲者不忘視，痿人不忘起。（明・劉熏〈雜曲〉，見《扶輪集》）

相互愛戀而不能相互歡聚的人，往往為情殉身，激烈地為相思而死，就像眼睛不幸瞎了，仍殺不死他想要看見的願望；就像筋肉不幸萎縮，失掉了動作的功能，仍殺不死他想站立起來行動的願望。

「相愛」是善因，要能「相歡」就得有善緣的配合，若有因而無緣，只能相愛而不能相歡，中國戲劇中的〈梁山伯與祝英台〉，〈孔雀東南飛〉裏的「焦仲卿與劉氏」，多為相思而死。可見愛情超越生死，愈遭阻攔愈煽起狂熱的火焰，眼瞎了仍不忘記要看，腿癱了仍不忘記要站，都比喻意志的堅強超乎肉體，愛不是肉體上的目盲腿廢就可以阻攔的。

一〇一

雙枕不成起，單枕不成眠，春風饒冷暖，吹作兩種天。（明・王世貞〈子夜春歌〉，見《皇明詩選》）

床上有兩個枕頭，並睡一起的人，睡下就不肯起來。床上只有單個枕頭，獨自孤眠的人，躺下就容易失眠。本詩由枕頭的單雙不同，想起或許是春風的冷暖不同，春風裏大概是含有多種不同的冷暖溫差，一樣去吹，卻吹出兩種天氣：一種暖和的是春宵苦短，一種寒冷的是春夜難挨吧！

明代詩人中，王世貞是最教人崇敬的，就像宋代詩人中，最令人崇敬的蘇軾一般。陳子龍說王世貞的作品取材贍博，天思穎雋，作品又多，件件超妙。最了不起處，是能總彙前人的英華，潤澤後人的思路，本文第四十六首已選過他的〈歡聞歌〉，與本詩同樣屬於文句很淺，哲思卻俊俏的傑作。

一〇二

君身如轉蓬，妾心思遠道，誰知合歡花，竟作斷腸草。（明・程天澤〈商婦吟〉，見《詩林摘秀》）

這首詩的佳妙，就在以「合歡花」對仗「斷腸草」，正如鬥草遊戲中相對的「好名目」，使原本不相關的花草，一經牽合，由「合歡花」的期待，成為「斷腸草」的落空。

郎君的身子像九秋的轉蓬，飄盪不定，而妾心一直思念著遠道，也隨之東西遷徙，豈止商人婦如此，宦家婦又何嘗不如此？古人奔走衣食逐名逐利於遠方，妻子孤守房中，也成為情詩的基型之一。《皇明詩統》載王時濟的〈懷遠詩〉道：「送君春草綠，思君秋葉黃，春秋忽不待，惻然生感傷，寸心無近遠，日夜在君傍！」正是此類「懷遠詩」中的典型。

一〇三

八月嚴裝覲紫宸，蕭條客邸不禁貧，幾回欲解金釵寄，卻恐青樓贈舞人。（明・蘇祐〈擬閨情〉，見《延賞編》）

嚴裝是裝束端整的意思，紫宸代表京城的門殿。八月的秋天，丈夫衣裝整齊地要到京城裏去，我想像他到了下榻的客邸，景況蕭條，手頭拮据，真擔心他阮囊羞澀，面臨窘迫，所以幾度想解下頭髮上的金釵，寄去遠方，但又恐怕他拿著金釵，到青樓裏去，轉贈給不知名的舞女。轉念及此，就按捺住金釵不寄了。

閨房的思念之情常是矛盾的，不寄冬衣怕他受寒，寄了冬衣怕他不馬上回家。不寄金釵怕他受窘，寄了金釵怕他裝闊，轉送給青樓女子。永遠有擔不完的心。

一〇四

冷雨幽窗不可聽，挑燈閒看牡丹亭，人間亦有癡於我，豈獨傷心是小青。（明・小青〈小青焚餘草〉，附見《漸宜堂詩》）

小青留下〈小青焚餘草〉十首情詩，見載於明人蕭師魯的《漸宜堂詩》，小青是杭州某士的妾，不見容於正室，以身殉情，身後詩稿被正室焚燒，僅剩十首，其中八首我已在他文中引述過，不再重複。

這首詩寫：幽窗上冷雨的聲音已悽惻不可細聽，更何況正挑著油燈的草蕊，添加火力，來細讀《牡丹亭》呢？世間居然有人比我還癡心的，人間頂傷心的不獨獨只有我小青一人而已！

蕭師魯批評小青道：「小青深於情，而不知以情解脫，徒以死耳。」並作了〈反小青詩〉道：「鶯語花聲人共聽，姻緣最恨〈牡丹亭〉，必從死恨求生愛，堪笑風流又小青。」其實《牡丹亭》中就是在強調愛情超絕生死的界限，小青成了實踐者，是否「堪笑」，很難單向論斷的。

一〇五

百結迴腸寫淚痕，重來唯有舊朱門，夕陽一片桃花影，知是亭亭倩女魂。（明・小青〈小青焚餘草〉，附見《漸宜堂詩》）

小青與先生同姓，當時很避諱，所以小青姓什麼？尚未明確考出，一般書中說姓馮，清人《不敢居詩話》中乾脆說：「小青二字，合成情字，特有心人設此事，為千古落花寫照耳。」認為小青是假設的人物，可是西湖有小青墓，後人有詩寫著：「西湖到死未忘情，三尺幽墳近小青，花影絮痕心事別，春風秋雨夢耶醒？」（鍾敬文詩）小青這個名字，不像只是「情」字的代稱而已。

本詩寫：心中百結迴腸，臉上淚痕如寫，想像自己重來家中找尋，只有舊識的朱門依舊，門裏出現一片桃花豔影，照在紅紅的夕陽餘光裏，你便知道，這桃花的紅影其實就是亭亭玉立的倩女幽魂呀！本詩想像自己身後亡魂歸來探視的景象，乃是悽慘的失敗型的白日夢境。

一〇六

愛君筆底有煙霞，自拔金釵付酒家，修到人間才子婦，不辭清瘦似梅花。（清・林佩環〈絕句〉，見《清代閨閣詩人徵略》）

林佩環是張問陶的妻子，張問陶是清朝的大詩人，才情秀傑，橫絕一代。她以能做問陶的妻子是「幾世修來」的心願。

詩中說：最愛你筆下煙霞繚繞，山水多彩，這種傑出的才情，令人傾心，禁不住拔下頭上的金釵，交付酒家，沽酒來替詩人助興。我不知是修了多少世，纔能修到做人間的才子婦！因此，即使我清瘦得像梅花，也心甘情願，不會退避的。問陶也有「夜窗同夢筆生花」的詩句，稱讚妻子的詩筆同樣不凡。

這首閨房情詩，引起文壇轟動，金筠泉發誓下輩子要投胎成絕代麗姝，來為張問陶執箕帚。馬雲也說：「我願來生作君婦，只愁清不到梅花。」一時名流都想生為女郎身，以做問陶的妻子為榮。問陶嫌這些「再生緣」太多太累人，就自比宋玉，被登牆偷窺的女子害慘了，窺牆的東鄰西鄰太多，原來並不風流的宋玉，將被別人累積的傳言毀謗，罵成風流鬼啦。

一〇七

儂身如楊花，飛墮止水內，止水乾不流，楊花飄欲碎。（清・王繼堂〈子夜歌〉，見《梧

門詩話》

楊花柳絮的描繪，早成為習俗的一個框框，比喻情場上不專一的，要生出一個新的意思，突破前人的藩籬不容易。

我的身子如楊花，楊花飄浮，喜歡活動的水性，才配合成水性楊花。現在楊花卻飛墮在止水之內，止水蒸乾而不流，沾在污泥上的楊花飄搖不動而欲碎斷了，與本性相反的遭遇，當然十分痛苦。

這詩大概是在形容性愛被壓抑，自由被剝奪，海闊天空的個性受到局限，生命得不到舒暢，陷入桎梏的心發出自由解放的高聲呼喊。

一〇八

儂家蓮塘口，種蓮為郎剖，不愛葉上花，但愛花下藕。（清・王繼堂〈子夜歌〉，見《梧門詩話》）

紅蓮白藕的描繪，早成常套，要生出一個新的比喻，不與前人雷同也很困難。

我家住在蓮塘的前面，種了蓮花希望能向郎君剖析，蓮子剖開來有苦心的「薏」，白藕剖開來有不斷的「絲」，「薏」是記憶、是心意。「絲」是思念、是相思。總之都是盼望郎君能眷顧到這些內在的東西。至於葉如綠雲，花若紅霞，這些形貌容顏上的色彩不是愛的重心，愛要有深度，最愛的是花下的藕，這成雙成對結成連理的佳偶。不愛花只愛藕，是作者新創的見地。

一〇九

近水儂知寒，近火儂知熱，寒熱不由儂，郎心太懸絕。（清・王繼堂〈子夜歌〉，見《梧門詩話》）

接近水的地方我就知道比較寒冷，接近火的地方我就知道比較炎熱，寒冷或炎熱都並不由我自發，而是由外界變化給我不同的感受，而郎君的心是水還是火？由於想法太高懸、距離太遙遠、言行太絕情，自然給我一股由脊骨生起寒凜凜的冰冷。

「寒熱不由儂，郎心太懸絕」，兩句很簡略，似聯非聯，中間必須補充句字才能涵意聯貫，兩句似在說我的「心」都隨著「境」在轉，而郎君的心又是「境」中最巨大的影響力，你太懸絕，我的感受將何等劇烈？上下兩句間給讀者自由填充的創造空間，因而顯得意在言外，產生了餘韻裊裊。

一一〇

水市南頭香壓船，賣郎荷葉買郎蓮，侍兒只愛玲瓏藕，儂道心多不值錢。（清・鮑海門〈姑蘇竹枝詞〉，見《梧門詩話》）

〈竹枝詞〉的可愛，就是在俚俗田野中，按實景實事，采錄民風，就鄉土氣息裏拈出一點巧思來，不妨村姑的口吻，卻寓有詩人的妙趣。

在這水上市場的南面那頭，香氣濃郁地壓蓋在每一艘船上，那裏是荷花菱藕的集散地、賣買場，有收購荷葉的郎，有出售蓮藕的郎，我的侍兒只心愛玲瓏的白藕，挑嫩揀鮮的買呀，我對侍兒說：藕兒雖好，就嫌孔竅多，「心多的就不值錢！」

「藕孔」即是「空心處」，多孔竅又叫多心，心孔多的就花心，花心不能專一，不必稀罕它，所以輕賤地說：根本不值錢！一語雙關，表現出靈心巧思。

一一二

從來好花如好女，好女自宜金屋貯，何期夫婿惡心情，摧折紅顏無處所。（清・黃杉村〈禁摘花〉，見《達觀堂詩話》）

「禁摘花」這個題目，當然是勸人要惜花愛花，霜欺風妒，都會惹人惱恨，何況是人為的攀折亂採呢？

自來好花是比喻作好女孩的，美好的女孩自應造一間金屋來貯藏養護，好好珍惜。哪想到她的夫婿心情惡劣，一點不知保護，將紅顏任情摧殘，連個落腳的地方也不給她。這就像一個頑童將枝頭的鮮豔紅蕊，搓擲遍地，連一些欣賞的素養也沒有，詩人同情「好一朵鮮花」，難怪要大叫「禁摘花」了。

黃杉村另有一首詩說：「愛花須得花中趣，莫遣遊蜂怨夕陽」，愛花不但不應採摘，還需要及時、珍惜、得趣。

一一二

薄采慈姑寄所私，漫煎益母治相思，臨行再剪羅衫袖，珍重啼痕好護持。（清・小尼〈贈某詩〉，見《達觀堂詩話》）

去採慈姑贈送給心愛的人，又煎益母草來醫治自己的相思病，臨到分別時，再剪下羅衫袖上的一塊布，希望你能珍重袖巾上染過的多少啼哭淚痕，好好地護持著這塊袖巾吧！

這首詩或許是小尼出家前做的，傳說某士子與她「有成言焉，中棄置焉」，才使她削髮為尼的吧？鄉野地方，慈姑或炸或煨，都算是好吃的菜蔬，捨不得自己吃，拿來做禮物，自己只吃益母草來治相思病，寫得已很癡情，臨別剪下袖巾做紀念，羅衫袖上有舊淚痕，當然更癡心，就像後代詩人寫郵票背面有伊人的吻痕一樣的癡。

一一三

孤燈獨對不成眠，起抱瑤琴舊憾牽，密約未知君記否？月圓今夕為誰圓！（清・尼心香素嘉〈偶成〉，見《達觀堂詩話》）

記憶是最精明的偵探，無論你隱身何處，記憶的偵騎都會隨蹤而至。你在熱鬧城鎮，它會撥開車水馬龍，現身到你跟前；你在蒼涼野寺，它也會從苔蘚斑駁間，冷不防地竄到你眼前。

在古寺青燈前，獨自對著燈火，不曾睡著，起來想抱瑤琴奏一曲，舊時記憶中的憾恨，禁不住牽動了心緒，當年出家前曾有過的秘密約會，不知你真的忘記了，還是不曾忘？今夜一樣的月圓就不知是為誰在圓了！

塵緣不是那麼容易洗滌潔淨的，一個有曠達境界的出家人，對待負面的心態或擾人的情緒，不急著限制它，排斥它，而是以慈悲心看待它，了解它的真實面目，當然也不放縱它隨著情緒跑，只是慢慢地除去憎恨心，將仁慈的善心放出來，負面經驗有時會造成某種悟境。

一一四

殘花如夢草如茵，萬種傷心欲暮春，誰是與奴同下淚，相看惟有鏡中人。（清・譚凌氏〈感懷〉，見《達觀堂詩話》）

反省自己，芳菲彌烈，環視外界，見賞無人，在自憐自賞之中，就產生自戀的心態。

殘花像做了一場春夢，綠草已繁茂得像茵蓆，春天老去的景象引起萬種傷心的感觸，誰是和我感受相同者？心境一致，而一齊下淚呢？知己共鳴者唯有我在鏡子中照出來的那個人吧？

譚淩氏具有奇高的品味，品味高了合意的人就少，當期盼的人久久沒出現，寧願孤守空閨，每當暮春季節，鶯老花殘，明白流光抓不住，青春玉貌留不住，只有鏡中垂淚的人明白自己一腔高格調的熱忱。

一一五

一家一個打魚舟，結得姻盟水上浮，有女十三郎十五，朝朝相見只低頭。（清・劉葛莊〈漁家〉，見《不敢居詩話》）

一家有一條打漁的船，起居生活都在船上，漁家們如果相互結了親，也就一生在水上浮泊。這一家有女兒已十三歲，那一家有少年郎已十五歲，情竇初開，天天漁舟靠攏時，不敢正眼相看對方，只是低頭迴避，假裝不見。

相見時迴避，迴避時又臉紅心跳，不是不想見面，而是更渴望見面。在戀愛含蓄的年代，看一眼，談一句，已經是天大的挑戰，天大的滿足。較諸男女社交開放的世代，明目張膽，宣洩無遺，自是另一種趣味。

一一六

相呼同伴到簾幃，偷看新來客是誰？又恐被人先瞥見，卻從紈扇隙中窺。（清・胡玉

亭〈女郎詞〉，見《不敢居詩話》

互相招呼同伴到簾幃前來，一同躲在簾幃後面偷看，偷看新來的客人是誰？那時分最怕被新客人先瞥見，於是用紈扇遮住了臉，從扇子的空隙中去窺視。

這詩寫古代女郎對新客人的好奇與羞澀情態，想看別人，又怕被別人看見。偷窺的動作，最感心悸，愈禁止男女相見，相見便愈有吸引力，側影片語，都成了閨房中談笑的樂事。前人說：「眼睛長得越多的人，看見的反而越少。」那麼偷窺一兩眼，當人正無所矜飾時，猝不及防地偷窺一兩眼，也許正窺見了人品真相的全貌。

一一七

扁舟一夜燈如雪，無限深情羞不說，東風何苦又天明，抵死催人江上別。（清・張嘯門〈遊鳩江所見〉，見《不敢居詩話》）

一艘扁舟上燈火雪亮，亮了一夜，這春宵中兩人間的無限深情，是嬌羞不能明說的，然而無情的東風，又何苦將曉雲吹開，天竟光亮，天明又要分別，痛苦得要死的在江上催著情人離別！

張嘯門遊鳩江時，看見鄰舟有一對年輕男女在江頭分別，女子還解下青羅帶來，題上幾句贈別的話，送給男子，良辰苦短，情意綿長，兩人不忍分離的場面映入眼簾，令旁觀者也為之動容，便寫成了此首詩。

一一八

芳心脈脈夜迢迢，郎在江南第幾橋，欲寄別來腸斷語，西湖只恨不通潮。（清・徐雨亭〈錢塘竹枝〉，見《不敢居詩話》）

黑夜迢迢，只有脈脈的芳心，不計路遠，靈通其間。情郎現在處於江南的第幾座橋上呢？我想寄去分別以來許多腸斷的詞語，就只恨西湖隄岸很周密，不與江上的潮水相通，潮汐不共，魚雁不來。不說恨情郎音訊不來，只指責潮汐不灌注，潮汐不灌注是天地的缺憾，埋怨一下也何妨，音訊不至是人事的情面，說痛恨就不得體，文心曲折不直露，是形成此首〈竹枝詞〉的趣味所在。

古人通一點音問很困難，男女之間對傳達來的一絲情意都十分珍惜。今人照面容易，電訊便利，電子函件，隨發隨至，情感缺乏涵蓄滋養的時間，採取立即享用立即報銷的心態，對情字反而不具耐心，不具餘味，也就失去了愛情的信仰，信仰是由長期耐心慢慢建立而成的。

一一九

佛座燒香一瓣新，慈雲低覆落花塵，不妨訴盡癡兒女，那有如來更笑人。（清・李嘯

村〈虎邱竹枝〉，見《不敢居詩話》）

戀愛中人，誰不在神座前燒香默禱？誰不在好奇地求卦占卜？總在祈求慈悲的菩薩神佛助以一臂之力，庇佑著將愛情的美夢實現。

年輕兒女趕赴廟裏燒香，獻上了一瓣全新的馨香，這時春日陰陰，慈祥的春雲暖靄，低低地覆蓋著滿地的落花，就像慈愛的佛光煦暖了塵世的眾生，不妨在佛座前把癡心兒女的願望在佛座前全盤托出，相信祂，依靠祂，祂身為如來，何庸擔心祂會嗤笑兒女們隱密私情的透露呢？純愛的願望恆常是至誠與信仰，與宗教的至誠與信仰，往往合而為一。

一二〇

自翻黃曆揀良辰，幾日前頭約比鄰，郎自乞晴儂乞雨，要他微雨散閒人。（清・楊次也〈虎邱竹枝〉，見《不敢居詩話》）

戀愛中人，兢兢業業，一切盼望有吉利的幸運，連踏青約會都要挑吉日良辰，姑且將這種小小的迷信看作是對戀愛的認真吧，若是不在乎的人很少在認真談戀愛。

近鄰的男友要求約會，女郎親自翻查黃曆，揀選一個黃道吉日，在幾天前就挑出約會的日期，男友祈求那天是晴朗的好日子，而我卻祈求那天是下雨的好日子，因為微微的細雨中散步，不但多詩意，最主要是可以因雨而驅散閒人，驅散那些不相干而好奇看熱鬧的閒人耳目。

戀愛中人，希望全世界就僅剩你我兩個人，其餘窺探著一舉一動而指指點點者，都是惹人厭的，一路上行人越少越好。

一二

時樣梳粧出意新，鄂王墳上小逡巡，抬頭一笑匆匆去，不避生人避熟人。（清・楊次也〈虎邱竹枝〉，見《不敢居詩話》）

唐代叫「時勢粧」，明清叫「時樣粧」，就是今天時髦打扮的意思。梳粧成最新流行的髮型與衣著，到杭州西湖近郊鄂王墳上去踏青遊玩，如此新型打扮出來亮相，招來了太多注視的目光，所以我只能小小的停駐，向人抬頭笑笑，就匆匆離去，我不是要避開陌生人，我是怕遇到熟識的人。

一個不曾留意儀容整飭的人，不怕遇到陌生人，就怕遇到熟識的人，反過來，一個打扮特別時髦的人，竟然也不怕遇到陌生人，只怕遇到熟識的人。大概奇裝異服就太惹眼太囂張，熟人傳播議論，有莫測的後遺症。但既然愛美，又「美服畏人指」，既然愛現，又怕人認出，真是一種矛盾的心情。

一二二

纖縑纖素總能嫻，錦瑟吟成淚點斑，一等人間埋玉恨，草心紅上臥龍山。（清・郭頻伽〈與夏清和話舊〉，見《不敢居詩話》）

中國的情詩，婚前不多，身後則特多，因而悼亡妻的詩篇，情感爆發，常如怒潮不可遏抑。

作者與友人話舊，話及亡妻，回想她在世的時候，纖縑或纖素，都是巧手慧心，女紅特別出色，料理家務，賢能無比，這些總是在身後回憶起來才越覺得她了不起。想如李商隱那樣為亡妻吟一首〈錦瑟詩〉，詩剛吟成，禁不住淚流了滿臉，妻子的葬玉埋香，乃是人間恨事中最大的憾恨，葉飄雲斷，連草心都呈現紅紅的血淚，一直紅上了臥龍山去！末句的竭力誇張，效果強烈。用臥龍山或是籍貫居所相近，或兼含懷才未被見用的意思。

一二三

春城風雨路旁枝，郎馬青驄去幾時，放下珠簾三十里，一時楊柳盡成絲。（清・舒鐵雲〈南西門楊柳枝詞〉，見《不敢居詩話》）

春風春雨，路旁的楊柳青青，使整座城粧點得春意盎然，一位美貌的俊少年騎著青色的驄馬，向前行去，意態軒昂，馬蹄人影漸行漸遠，道路兩側三十里的樓閣上都紛紛放下珠簾，珠簾背後的少女們看過他灑脫的身影，不想再看其他的行旅，很久很久，個個都還想著這少年英挺的身姿，一時使路旁萬萬千千的楊柳，都變成「垂絲」的思念者了。

路旁的枝條，因少年郎的英姿煥發，而一一全成了柔情萬種的楊柳垂絲，全詩首尾都用楊枝呼應，而絲思又雙關，將滿城春光寫得旖旎十分，人物也風情柔美，與杜牧的〈贈別詩〉：「娉娉嫋嫋十三餘，豆蔻梢頭二月初，春風十里揚州路，捲上珠簾總不如」足以前後媲美。

一二四

欲寄寒衣下剪難，幾回冰淚灑霜紈，去時寬窄無憑準，夢裏尋君作樣看。（清・席韵芬〈寄衣曲〉，見《不敢居詩話》）

丈夫的衣服鞋帽，古代均由妻子縫製的，在那年代，衣服的針線密縫間，都寓著親人濃密的情意，服裝的寬窄尺寸，乃是夫妻間最熟悉的數字。

然而夫妻睽違既久，胖瘦的變化就摸不準，妻子想裁製一套新的冬裝時，很難下剪刀，剪刀未下，眼淚卻來了，冷冷的冰淚，好幾次灑在雪白的紈綢上，滾動成一顆顆晶瑩的珍珠。丈夫離去時的身材寬窄，到今天已經無法依憑作準了，只好在夢裏去尋郎君的近影，看看郎君已變成什麼樣子，將夢影當作剪裁的大樣吧！

一二五

閒聽食葉最關情，彷彿詩人下筆聲，懊惱鷓鴣偏喚雨，箇儂心事要春晴。（清・張玉珍〈看蠶詞〉，見《不敢居詩話》）

晴與情雙關，是山歌或情詩中常見的，「東邊日出西邊雨，道是無晴還有晴？」後人都愛此兩句，常模仿其晴情雙關。

閒聽蠶箔裏千萬條蠶兒食桑葉的聲音，刷刷嘶嘶地輕輕作聲。這聲音彷彿是詩人下筆時，在紙上摩擦的音響。最懊惱鷓鴣鳥相對地在叫：「行不得也哥哥」，偏偏喚來風雨，而我的心事卻是希望有個亮麗的春晴才爽快。

蠶室喜歡溫暖無風的天氣，所以討厭風雨，盼望春晴，春晴雙關著春情，不希望有風有雨的無「晴」。

一二六

玉容花貌日摧頹，夫婿他鄉未卜歸，一點妾心何所似？精金百鍊不成灰。（明・龔詡〈閨怨〉，見《野古集》）

丈夫在他鄉久久不歸來，妻子在家中連梳洗都很懶，整日首如飛蓬，即使有香膏胭脂，也不想塗抹，而玉容花貌，任由憔悴，由於愁雲不開，而日見摧頹。

外貌雖摧頹，但內在的一點貞心卻十分堅強，這貞心像什麼呢？就像百鍊而成的精金，反覆焠礪也不會成灰，反而鍊成最精最精的一點純金純鋼了。

如此一位閨婦，排除萬難，堅守貞信，作者對她非僅同情，也油然昇起了百倍的敬意。愛情有時就是峻烈的德操啊！

一二七

悼亡又是十年餘，男已成婚女已歸，翻覺而今悲更切，客中穿盡舊縫衣！（明・王紱〈憶故妻〉，見《王舍人詩集》）

妻子的過世，已經又是十幾年了，時光轉移得很快，家中的男孩已經成婚，女孩亦已出嫁，但是對妻子的悼念，卻像凍結的歲月，不曾移開，反而因子女的各自成家而尤加想念老妻，空巢期中獨自面對著老去的滋味，真是悲切！在旅客一般的生涯裏，將妻子當年縫製的衣服，這件穿破了，再穿那件，那件也穿破了，再找另一件舊衣裳。

妻子親手縫成的舊衣裳，非但最合身，而且件件上都有妻子的手澤，都有妻子的關心，件件上都是密密的縫線，都能喚起某些回憶的舊情，穿在身上，就像包裹著妻子的體溫一樣，餘年就在這回憶的溫存裏渡過，珍惜舊衣，穿到破，穿到爛，也不再另製新衣，讀來令人鼻酸。

一二八

湖上聞郎歌竹枝，湖中蓮艇便輕移，卻言郎度瀟湘去，折得荷花空淚垂。（明・胡儼〈竹枝詞〉，見《頤庵文選》）

引燃火焰，然後踩滅，不過留下些許焦焦的痕跡；引燃希望，然後失望，如果這希望是衷心期待的愛情，那麼湧生出來的落寞情緒，就非同小可，不只是些許焦痕而已。

湖上聽到郎君在唱〈竹枝詞〉，湖中我的蓮艇便輕聲地往歌聲的方向划去，漸漸移近，帶點情怯，滿心期待著羞澀的相逢，以便獻上心願的花朵。

哪知道一到那邊，唱歌的人已經遠渡瀟湘而去，空江無人，白波茫茫，我手裏採集的一把荷花，僵在當場，要持獻給誰呢？只有頰上不聽話的淚珠，竟自動地一湧而出，紛紛滾落在花朵上了。

一二九

深閨寂寞怕逢秋，九日相思分外愁，羞對黃花彈淚眼，重重簾幕控銀鉤。（明・黃淮〈九日代婦作〉，見《省愆集》）

中國的閨怨詩，大部分都出自男子之手，在身分立場上，已經屬於「代人作」的了，因此，乾脆在詩題中說明「代婦作」等，也不足為怪。古代婦人大抵不識字，男子同情其遭遇，將心比心，代為抒慼，以自己的筆，寫別人的心，這是中國情詩中甚為特殊的一型，中國人卻習以為常。

詩中說：與外界深深隔絕的閨房裏，是十分寂寞的，尤其怕遇到秋天的來臨，梧桐葉落，籬菊綻黃，九月九日的重陽佳節，家家登高，而深閉在閨房裏的人，更增添了對遠地夫君的想念，愁思特別濃厚，面對著一年又新開的黃菊，禁不住會揮彈淚珠，這揮淚的鏡頭我是羞怯被人瞄見的，因此控引著銀色的簾鉤，把重重簾幕垂放下來，遮住那黃花，也遮住我偷彈汍瀾的淚眼。

一三〇

驅車早出門，河漢星斗轉，不憚路途長，獨憂心跡遠。（明・謝晉〈贈別曲〉，見《蘭庭集》）

驅著車子早早出門，為了趕遠路，那時天色未明，曉星將沉，銀河奇亮，許多星斗已轉移了角度，在這龐大的空間裏，我不怕路途有多長，總能有到達的一天，我只怕兩人心跡遠隔不交叉，永沒有相契相合的一天。

全詩將天上地下的立體空間，畫得極大，天無限，路無限，相形之下，原來最遠的不是千山萬水的客程，最遠的竟然是不相應和的寸心之間。所以路遠可以不憂，而心心能否相印，才是我最憂的。在臨別之時，憂的不是前瞻的路，而是回顧近在咫尺的人。

前人說過，要得到美人情態容貌上的親近，還容易，要得到美人韻趣上的接近，就較難。要得到美人的真心相契，那就更難，所以古語說：九死易，寸心難！

一三一

自君之出矣，無復事鉛華，思君如夜雨，暗裏落春花。（明・徐有貞〈自君之出矣〉，見《武功集》）

在〈自君之出矣〉這個古老的題目下，就在比賽各人如何舉出一個巧妙新鮮的比喻，思君像……。

本詩說思君像夜間的雨，使美麗燦爛的春花，在幽暗之中，逐漸衰落凋零。因為自從郎君出門遠去，妻子就不事鉛華，不作打扮，原本花樣的容顏，不加整飭，反受憂思的剝蝕，相思令人老，所以像夜雨侵擾著春花，暗地裏凋謝了。

徐有貞另有一首〈金閨夢詩〉：「夢裏逢君顧，醒來自擬論，容華如舊好，應有後時思。」夢裏遇到了郎君的恩愛，醒來自己就仔細推論，發現自己容華依然有舊日的美好，往後不怕沒有再恩愛的機會。這詩比較樂觀積極，前詩就嫌太消沉悲觀了。

一三二

素手持金剪，低徊意不開，短長無處問，唯對舊衣裁。（明・徐有貞〈裁衣辭〉，見《武功集》）

在古代，妻子為丈夫剪裁合身的新衣，是一種體貼的象徵，也是一種不容推卸的勤勞責任，自然更是一項不容分享的甜蜜專利。

丈夫的身材高矮與腰圍寬狹，唯有妻子默記在心，但當丈夫分別既久，體型或胖，腰圍或鬆，全走了樣，就不是妻子所能推想的。於是素手拿起了金剪刀，對著布料發楞，免不了一番低徊猶豫，意態總開朗不起來，丈夫的新衣究竟長短寬窄變化如何？無處可以請問，就只好憑著從前的舊衣作依據了。

憑舊衣剪裁，與憑著夢見的模樣剪、憑著旁人口述的胖瘦剪，準不準，都一樣難說，這種無奈，這種鬱抑，引起了讀者的同情與美感。

一三三

落月流輝照屋梁，又看紅日上扶桑，若為化作山頭石，望見夫君志亦償。（明・倪謙〈復于景瞻和予閨情詩〉，見《倪文僖集》）

在世界各地，諸如「望夫石」的傳說，何啻千百，有海港的地方，就有丈夫出航未歸，妻子化成海畔尖山的傳說，眼巴巴地一直凝望著海天之際的浪濤。有大湖的地方，船塢旁也常有矗立的怪石，傳說是妻子沒見到丈夫船隻的歸來，就佇立在水邊，一動不動，化身成石，永不疲憊，「望夫石」就成了千年遺恨不化的象徵。

明代的陸深寫〈望夫石〉說：「望夫何日歸？空閨鎖夕暉，石從心內化，人到眼中稀。」寫出了普天之下，千百望夫石的相同故事。

本詩也是描寫時光流移、眼神永不移的情景：從落月的流輝照著屋梁的夜景，到紅日上昇扶桑的晨景，日日夜夜，暮暮朝朝，即使化作了山頭突出的一塊巨石，只要能望見夫君歸來，心願也算獲得酬償了。

一三四

鴛鴦戢翼兩心安，此願何時得了還？空慕青青松與竹，歲寒不改舊容顏。（明・倪謙〈次韻董廷器閨情〉，見《倪文僖集》）

也許，安居在一起的夫妻，不覺得正處於神仙的境界，常常到了分別奔波兩地，聚少離多，才想到能夠平凡地安穩渡日，其實是天大的福分。

鴛鴦止息飛動的雙翼，安聚在一起，雌雄也就都安心了。這只是個小小的願望，只求相聚安棲，這小心願何時才能了呢？何時才能感謝天恩而還願呢？

人生總是參差不齊，歲月總是流失不停，徒然羨慕青青的松樹與竹子，歲寒歲暖，都不改變舊時容顏，而人生一寒一暑就又老了一年。松竹容顏不變，而人生不能不變，計算一下人生的短暫無常，趕快放下名利的追逐，夫妻應多多相聚，聚一天就安享一天的溫情恩愛，何必長年地勞碌奔波呢？

一三五

深院無人獨掩門，一庭花影弄黃昏，錦機織就相思字，半是愁情半淚痕。（明・柯潛〈閨情〉，見《竹巖集》）

孤獨與相思，是閨情詩裏的兩種元素，這首詩也不例外。寫深院無人時，獨自掩上門扉，玩賞庭內的花影，直到暮色昏黃，在錦機上又曾想要縱橫地織迴文詩篇，訴說相思，織呀織，織進的一半是愁情，還有一半是淚痕。

柯潛另一首〈閨情詩〉道：「耿耿殘燈照不眠，寶猊香燼夜如年，可憐簾外梧桐雨，絆惹新愁到枕邊。」由於相思而失眠，由於孤獨而發愁，仍是由孤獨與相思兩個元素所構成。微明的殘燈照著不眠的人，那寶愛的獅子香爐裏餘煙將熄，渡一個夜晚常像要渡一整年，最可憐的是簾外的梧桐雨聲，滴滴答答，惹起了新愁，絆和著舊愁，一同擠向枕邊來了。

一三六

年年曾寄客邊書，寫盡真情只當虛，十紙到家無一答，恨人心性願消除！（明・鄭文康〈擬某寄內詩〉，見《平橋稿》）

朋友張允懷有寄給妻子的詩，鄭文康見了，一時興起，也來唱和。說：年年曾寄去作客邊塞的家書，封封實話實說，都是真情，但妻子讀罷只當作虛言誑語，因此十封信箋寄回家，竟一封也不見回答，妻子是被遠傳的謠言困惑住了，對丈夫不信任，用斷絕音訊、拒絕回答的方法，來表達對丈夫的恨意，唉，這種恨人的心性，但願能早日消除才好呀！

另一首〈擬寄內詩〉中寫「莫聽無稽長舌者，浪言身在百花村」，正說明流言的可怕，這些長舌者的無稽之談，竟亂說我身在百花村裏，樂不思蜀，使妻子心懷怨恨，該懲罰的應是這些造謠生事者，而不是遠方的丈夫呀！

一三七

頻年收得慰安書，畫餅難充腹內饑，見說錦城無限好，錦城雖好不如歸。（明・鄭文康〈擬代內答詩〉，見《平橋稿》）

聽了別人的故事，在自己肚裏替別人作一問一答，代人設想而寫成情詩，完全是自說自話，也可說是中國特具的體裁。

上首詩丈夫說她記恨在心，不肯回信，她卻說：這些年來雖然收到一封封安慰的信，但就像畫餅充饑，對於腹內的饑餓毫無裨益，每次見你描繪外地的錦城有如何好的風光，外地再好，也總不如歸家來更好吧？

愛情需要近距離的接觸，不能一直是遠距離孤懸在天邊像月亮，就算月亮是餅，精神的畫餅，不能安慰實質的饑渴。你要解除我的懷疑與不安全感，最好的方法就是早日歸來身邊，而不是寫十封信。

一三八

十年隔別面如瓜，無復容顏似舜華，只恐到門初下馬，一天愁悶悔還家。（明・鄭文康〈擬代內答詩〉，見《平橋稿》）

十年的隔別，面色已經不是花，而是瓜了！不是甜瓜，而是瓜的青、瓜的皺、瓜的苦澀，不再是容顏像木槿、像桃李，紅唇像榴花……

你在信裏說過：「白面書生今漸老」，但你曾想過我嗎？「聞君黑髮漸成皤，誰信閨人白更多」，你的髮梢皤皤有飛霜，而我的兩鬢早已經亂如飄雪啦！

只恐怕你回家到了家門口，剛剛下馬，一見到我的老態，熱情頃刻消逝，就整天愁悶，後悔為什麼不沉醉在鮮花嫩柳的外邊，卻要選擇回家陪老婆呢！

一三九

西湖荷葉翠盈盈，露重風多蕩漾輕，荷葉團團比儂意，露珠不定似郎情。（明・童軒〈竹枝詞〉，見《清風亭稿》）

西湖的荷葉盈盈如翠蓋，荷葉上露水很多，由於風在擺動，葉子蕩漾，露水也就在寬闊的綠荷上滾這邊滾那邊，我發現團團的荷葉，執著地挺立在固定的地方，就像我執著的心意，而在荷葉上拋來擲去搖晃不定的露珠，就像你流動的感情！

無花無藕的荷塘上，一樣有比不完的愛情妙喻，綠葉與露珠，居然也是我與你的心情，「翠盈盈」中寫出女性的嫵媚，「蕩漾輕」中寫出男性的猥薄，首二句已經有伏筆，下面「團團」與「不定」乃一脈相承，將男女性格羅映在眼前。

一四〇

勸郎切莫上巫峰，勸郎切莫往臨邛，臨邛少婦解留客，巫山峰高雲雨濃。（明・童軒〈竹枝詞〉，見《清風亭稿》）

自古以來，妻子的生活是否幸福，繫於丈夫的有無外遇，是否能專心顧家？所以妻子最關切的就是丈夫在外頭會否遇到誘惑與陷阱，而加以防範。臨邛是卓文君夜奔司馬相如的地方，女子多瀟灑開放。而巫山有十二峰，其中的神女峰特別纖麗奇峭，峰巒插入霄漢，山腳直垂江中，神女峰上仙真依憑，姣麗的神女與楚襄王夢中幽會，雲雲雨雨，極為浪漫。兩者代表著歷史上男女最顯著的誘惑與陷阱。

勸郎切莫上浪漫的巫山十二峰去，勸郎切莫往熱情的都市臨邛去，臨邛的少婦都有留住客人的一套手腕，巫山的神女峰高處的神女，陽臺之下，旦為朝雲，暮為行雨，雲雨正濃著呢！郎如果去了這兩個地方，妻子就有操不完的忡忡憂心。

一四一

蓮花紅，蓮葉碧，紅似妾容粧，碧如妾裙色，輕紅易落碧易衰，情人道來竟不來，停橈轉棹日過午，藕絲斷盡蓮心苦。（明・邱濬〈採蓮曲〉，見《重編瓊臺稿》）

蓮池，在印度佛教裏是彌陀的淨土，在中國文學裏卻是情詩的滋生源。池是智水，詩是蓮胎，多方取譬，妙思無窮，蓮池中有寫不完的水鄉採蓮曲。

蓮花是紅的，蓮葉是碧的，紅的就如我的容粧，碧的就如我的裙色，臉上的輕紅容易衰落，裙上的碧色也容易褪舊，情人曾答應說要來，卻久等不來，停下橈楫，轉放櫂槳，等呀等，等過了中午，等完了耐心，蓮絲全斷絕啦，蓮心也苦極啦。

蓮心苦，藕絲斷，是愛情的好比喻，明宗臣的詩說：「採蓮莫採子，蓮子心中苦！」明佘翔的詩也說：「蓮子摘來心自苦，更饒不斷藕中絲！」都出同一機杼。

一四二

君情薄如葉，妾貌瑩如雪，葉落雪成冰，孤房夜凜冽。（明・石邦彥〈古意〉，見《熊峰集》）

一張葉子，尤其是秋葉，墜落的秋葉，它的厚薄度，常被取來比喻男子的感情。郎的感情薄得如一張秋葉，而妾的容顏卻瑩潔得如一片初雪，葉子墜落時，雪也寒冷得結成了冰，這孤守的閨房中溫度驟降，長夜漫漫又將是何等凜冽！

明人胡應麟也有類似的描寫，將男子的情比作秋葉：「懊恨負情儂，薄于下秋葉，持刀截亂絲，肝腸中半裂。」我懊恨著你的負情，為什麼比一片墜下的秋葉還薄情？當我持著剪刀想截斷所有的亂絲，剪不斷，理還亂，剪絲時肝腸也為之半裂了！

一四三

秋葉不堪書，青蟲解心事，屈曲往復回，卻是相思字。（明・石邦彥〈古意〉，見《熊峰集》）

秋葉上書寫情詩，成為古來傳說中美麗的情感媒介，所謂「紅葉是良媒」，紅葉題詩，因而為才子佳人牽成良緣，所以秋葉在想像中可以引發無比浪漫的故事。

而本詩說秋葉上題了字，卻並不是哪位墨客，哪位佳人，而是青蟲，一張張秋葉原本不適宜刻字的，而青蟲了解我的心事，屈曲回復地在秋葉上刻蝕著文字，有的刻著心形，有的刻著人字，讀來都是秋深以後感覺特別敏銳的相思曲呀！

一四四

翠袖淋漓素腕寒，宮門漏盡夜將闌，若將妾恨添壺水，滴到平明亦不乾。（明・石邦彥〈長門怨〉，見《熊峰集》）

像〈長門怨〉這種題目的情詩，原是為特定對象，宮妃對君王的失寵怨嘆而寫，不過這種失意冷落而苦悶守候的情緒，匹夫匹婦也會感同身受，地位雖有差異，共鳴則是相同。

全詩是以「宮漏」為主體，這是古代宮中的計時器，為了替「宮漏」加水，所以弄濕了翠袖，手腕也感到寒冷，宮中的漏壺將要漏盡，夜色也將盡了，我添加著水，就像添加著憾恨，滴滴滴，滴到天亮也滴不乾。男女間長時間地等待難挨，而產生焦慮無助的心情，一如漏壺中不住的滴滴滴，水滴不盡，時也無窮，憾恨也隨之無窮無盡了。

一四五

郎船下江水，乘風疾若飛，與儂各分袂，掩泣牽郎衣。手拔黃金釵，臨歧贈郎別，願郎心似金，堅持莫輕折。（明・朱誠泳〈估客樂〉，見《小鳴稿》）

「但教心如金釵堅，天上人間會相見」，將白居易長恨歌裏的誓言，改鈿為釵，變化成了本詩，古時候最值錢、最堅硬、最永恆、最光采的東西就是黃金，所以用來比擬心志。

郎的船下江水而去，下水船特別快，又乘著順風之勢，快得如飛。在這臨別的江頭，我與你分袂，一邊掩面拭淚，一邊牽著郎衣，這船速與風勢浪勢，如何是輕輕牽衣所能挽得住的呢？只得親手拔下頭上值錢的黃金釵，在歧途分別時贈給郎君，作為分別的紀念，但願郎的心像金子般堅硬，堅持而不會輕易被折曲。

古代婦女的幸福，就繫在郎心的堅不堅上的。

一四六

春辭原上花銷雨，鸞去臺空鳳獨飛，寒夜燈前開故篋，不知淚滿舊縫衣！（明・陸深〈挽人失偶〉，見《儼山續集》）

春天要到原野來辭行，上天便下一場大雨，來讓春花銷歇，雌鸞已離開，留下了空的樓臺，雄的鳳只能獨自飛翔。夜氣漸漸寒冷，想打開舊篋來添加一件衣服，不知不覺眼淚奪眶迸出，滴滿在舊衣的縫線上了。

「失偶獨行」，在人生的路途上，固然是傷感的旅程，但年歲越大，這種獨行的可能也越大。鰥夫寡婦都像孤雁單鳳，獨自面對茫茫的暮色，面對晚年的衰亡。燈前故篋裏儲滿了記憶、儲滿往日的手蹟與關注，總是引起唏噓，舊衣上故妻的針線絲縷，無不織成了不忍卒睹的關心圖案。

一四七

寶鏡皎如月，價值千黃金，偏照可憐色，不照可憐心。（明・鄭善夫〈古意〉，見《少谷集》）

寶鏡皎皎如月，雕鏤精巧的銅鏡價值超過千兩黃金，然而再貴的寶鏡，也只能照出可愛又可憐的臉色，不能照出可愛又可憐的心。

把寶鏡比作明月，古人如此寫者很多，像唐代張說的〈詠鏡詩〉：「寶鏡如明月」，唐代李益的〈古鏡詩〉：「明鏡出匣時，明如雲間月。」

至於鏡子照面不照心，元代人已如此寫，元代楊維楨的〈玉鏡臺詩〉：「安得咸陽鏡，照郎心肺肝。」元代郭翼的〈明鏡篇〉：「使君持照妾，不解照君心」，元代何失的〈方鏡詩〉：「照面不照心，照心妾不醜。」拿著鏡子，想照君心，想照妾心，外在的形貌會改，內在的心志則不變，明人許筠的〈鏡囊詞〉有四句和本詩更類似：「囊裏青銅明似月，鏡中玉貌春花光，青銅可磨石可轉，惟有此心終不變！」差異雖然不多，但各具匠心，各有妙處，可以一併欣賞。

一四八

與歡隔溪住，凝冰周四壑，冰上野狐蹤，歡行勿憚薄。（明・王廷陳〈子夜冬歌〉，見《夢澤集》）

和心愛的情郎隔溪居住，凝結的冰塊圍繞在四周的川壑，冰上有許多野狐的腳印，所以情郎踏冰而來時，不必害怕潭冰太薄會深陷下去。

如此描寫，要旨不在形容愛情試探的腳步，就像「如履薄冰」，而是狐狸天生多疑，在冰上履行時，每踩一步，就會俯首冰上，聽冰裂的聲音，以探測冰層的厚度。狐狸在涉水而過時，相攙杞扶，極為小心，《詩經》裏「有狐綏綏，在彼淇厲」，描繪狐狸雌的扶著雄的，雄的護著雌的，小心行走的動作，曾引起單身男女的羨慕，狐狸履冰而過的川壑，必然更經過審慎的探測，所以只要冰上有野狐的蹤跡，冰堅且厚，情郎履冰而來時，大可放心踏步了！

一四九

門前霜楓樹，灑淚積如許，蛛網罥黃檗，腹中苦思汝。（明・黃佐〈子夜四時歌〉，見《泰泉集》）

門前的青楓樹因降霜而葉子發紅，就像灑下了血淚而斑斑斕斕，累積成如此景色，腹中苦苦地想著你，就像那蜘蛛將網絲繫結在黃檗樹上，黃檗是一種有苦汁的樹，子苦內皮亦苦，所以說有「苦心」，常以黃檗來形容。明于慎行的〈子夜歌〉說：「黃檗在深林，苦心誰得見？」正與本詩相似，但本詩用蛛絲纏在上面，絲思同音，於是成了「苦思」，乃是作者的創意。

在吳聲歌曲中，說到苦，就喜用「黃檗」，像「高山種芙蓉，復經黃檗塢」、「種蓮長江邊，藕生黃檗浦」，經過黃檗塢、黃檗浦，都代表一番辛苦的流離，至於「黃檗萬里路，道苦真無極」，更是一路苦得沒完沒了。

一五〇

高樓千尺碧雲齊，楊柳枝枝到地垂，落日少年來繫馬，獨將肝膽與妖姬！（明・黃慎中〈青樓曲〉，見《遵巖集》）

像〈青樓曲〉這類題目，當然就是以「青樓女妓」為歌詠對象，古來中國人由於婚姻先於愛情，婚後自發的愛情，常由姬妾妓女所觸動，因此情詩中出現「贈妓」之類數量極多，舞袖杯影，梅情柳態，所寫無非是「不堪清夢到巫山」、「楚雲一散陽臺冷」（均見皇甫汸〈贈董少姬詩〉）、「幾憑香夢到巫雲」（皇甫汸〈梁溪詞〉）、「人面花枝一樣春」（皇甫汸〈花下贈妓〉），總在「雲雨巫山、人面桃花」裏打轉，僅見肉，不見靈，高漲色，缺乏情，此類情詩，不是正例，本文很少撮錄。

本詩寫得較為特殊，把真心肝膽交與青樓女子。說：「高樓千尺，上與碧雲相齊，而楊柳枝枝直垂至地面，落日的時分有少年來投宿，將驄馬繫在高樓垂柳邊，獨獨剖出忠肝義膽來獻給青樓中的妖姬。」本詩有風塵俠侶真情的一面，不只是尋尋花柳而已。

一五一

年年寒食問餳糖，糝米炊糕入夜忙，今日一抔同水上，杯盤滿地有誰嘗？（明・羅洪先〈悼亡〉，見《念庵文集》）

「悼亡詩」也是中國古代情詩的淵藪，夫婦感情常含蓄於生前，奔放於身後。「悼亡詩」裏能抓緊回憶中某個熱鬧忙碌的場面，和眼前冷清無人的景況相對比，自然湧生出一股今昔不堪對照的哀思。

本詩回憶每年清明前三日的寒食節時，妻子年年忙著磨米炊糕，入夜仍忙碌不停，全家人等到寒食那天，提攜男女、酒壺、餚榼，到山家村店去遊息，餳糖甜點，更是不可少，主婦身繫著全家人的熱望，忙得很起勁。

但是今天也提攜食品到墓頭作寒食祭，同樣的水上，新增了一抔土，糍米作餳，筍韮為菜，杯盤滿地，你能分嘗一些嗎？大家縞素祭拜，誰還有踏青的遊興呢？

一五二

寶髻斜安墮馬粧，偷將鸞剪試分香，纏君玉腕勞相憶，底是春心如許長！（明・皇甫汸〈詠贈髮〉，見《皇甫司勳集》）

梳了一種調皮的墮馬粧，寶髻斜斜地安置在頭髮上，在梳髻的時候，偷偷地用鸞剪截下一撮頭髮，試著將香髮剪一股出來，送給你，纏在你的玉腕上，希望勞你的神，能夠相憶，讓你明白這是什麼樣的春心，竟有如此的長呀！

「底是」是「這是」的意思，古人有詞：「竹籬茅舍，底是藏春處？」「底是」便是「這是」。

皇甫汸另有一首〈詠贈髮詩〉：「鴉鬢雙盤似楚雲，聊將一縷贈夫君，枕邊絲斷情猶繫，鏡裏香銷恨豈聞。」在古代視頭髮為身體的一部分，不敢隨便毀傷的年代，剪髮為贈，有著特殊濃重的癡情。

一五三

自君之出矣，萬里隔天衢，貪見平安字，頻開舊寄書。（明・丘雲霄〈自君之出矣〉，見《北觀集》）

自從郎君一出門，到了繁華的天衢京華，相隔萬里之外，每天我最愛看的字，就是你來信中的「平安」二字，為了貪看這二個字，把你舊日信件裏的「平安」字，天天反覆看著，將昨日的「平安」，姑且當作今日的「平安」，把去年的「平安」，姑且當作今年的「平安」。

在古時通訊不便的年代，一封舊信，珍同瓌寶，貪見舊信中「平安」二字，頻頻打開昔日的來函，來證明今朝的平安，明知如此做是一種自我欺騙，卻以此為樂，此種癡情的自我安慰療法，給人深深感動。

一五四

月昔圓時人共憐，人今遠去月空圓，亦知天外原同照，無奈人間各一天。（明・張元凱〈閨中見月〉，見《伐檀齋集》）

月亮一直是情人們傳遞祝福與思念的最佳媒體，從前月亮圓的時候，我倆在月下共同珍愛著團團的明月，而今天月亮又圓又亮，卻有點徒然，因為心愛的人已遠去了天涯。我雖然知道天涯的月亮也如此間一般的圓，無奈的是：人間明月，乃是分照著另一方的天地。

人聚的時候，花好月正圓，同浴金波，月亮是天上的有情物；人分的時候，千里共嬋娟，空瞻清輝，月亮又是天上的無情物，有情無情，全在觀賞者自我內心的反映罷了，月亮何曾私照著哪一家哪一人呢？

一五五

瑟瑟江上風，密密山前雨，風雨莫少停，留得郎舟住。（明・宗臣〈江南曲〉，見《宗子相集》）

江上是瑟瑟的風，山前是密密的雨，風雨呀，請不要停止吹呀落呀，這樣淒迷的江山景色才能把郎的小船留住，郎想風雨停了就出發，那麼求求風師雨伯把他留下來吧！

「下雨天留客」本來是通俗的想法，這兒面對著緊風密雨，祈求風雨不歇，借助自然的力量，挽住人力所無法挽住的郎，留一刻好一刻，即使是短暫的時辰也好，無奈之中，也表現一種感人的癡。

一五六

春江君自去，春閨儂自愁，儂心似江水，日夜伴郎舟。（明・宗臣〈江南曲〉，見《宗子相集》）

循著春江的水波，郎君獨自去了，回到春閨簾幕裏，我只有獨自憂愁啦，人雖返宅，心卻遠征，我的心就像春江中的水波，日日夜夜，伴著郎君的船，拍擊追趕，永遠跟著你的腳步，頃刻不離分。

古代婦女的心，一直依存在丈夫左右的，這種心情，明代邱濬也寫道：「妾心似君影，隨處逐身行。」明代佘翔也寫道：「思君如浮雲，日逐東流水。」在天為浮雲，在地為流水，在人為身影，日日追逐不捨，這就是閨中人癡心的真實寫照。

一五七

郎遺佛手柑，馨香動彌月，報郎紅豆子，相思永無歇。（明・胡應麟〈讀曲歌〉，見《少室山房集》）

情郎贈送給我一種形狀特殊的水果：佛手柑，擺在桌上，臘黃照眼，馨香滿室，整月都香氣氤氳，為此我回贈給情郎紅豆子，顆顆紅黑相間，勻圓玲瓏，代表著相思之情永無消歇。「佛手柑」、「紅豆子」都是好看不好吃的物品，也許都是象徵著精神的層面。胡應麟另一首〈讀曲歌〉說：「懊惱枇杷實，核多而肉少，不療腹中饑，那禁眼中飽。」也是用水果起興，枇杷核大肉薄，中看而不中吃，這「饑」與「飽」就可能象徵單是精神層面還不夠，只慰眼中飽，不療腹中饑，話也就有點露骨了。情詩與山歌不同之處，就在山歌坦率道出肉慾，而情詩總是含蓄著精神的靈性。

一五八

十月芙蓉花，九月楊柳樹，那得男兒心，長若初相遇。（明・胡應麟〈歡聞變歌〉，見《少室山房集》）

十月天的芙蓉花，凋零將盡；九月天的楊柳樹，也是衰敗枯黃，「芙蓉」雙關著丈夫的容顏，「楊柳」代表著多情的挽留，男兒的心情一轉為秋氣的肅殺，面目無情，春日的溫暖和煦都不知撇到哪兒去了？如何能盼望有一位男兒的心，一直不變地像初次相遇時的春光明媚，不只是眼前一陣子的燦爛非常呢？

愛情常只有初識的時分，最引人入勝，最撼動人心，所以許多人在不斷尋求初識，不斷重複地捲縮沉醉到那段初逢的時光中，不肯成長，喜新厭舊，一再重蹈覆轍，只在冀求又一次新的開始罷了。誰能維繫住這段新鮮的感覺在長期的婚姻裏呢？

〈聞歡變歌〉是樂府中極淒苦的調子，每曲唱終，都哭喊一句：「阿子你聽到了沒？」最初是以「椎心摧肝」地唱著此曲的。

一五九

始欲識歡時，願作同心結，絲線不相逢，裏許暗自別。（明・于慎行〈子夜歌〉，見《穀城山館詩集》）

剛開始認識情郎的時候，就有永結同心的願望，但是這同心結需要兩頭的絲線，表裏一致，有互結綢繆的心願，如果表面上熱絡，暗底裏排斥，兩頭的絲線不會相逢，如何打結呢？兩頭暗自有著各別的方向，心靈如何交會呢？

絲線打結與否，表面也許看不出來，但暗藏在不為人知的陰暗處，卻常常是最真實的存在。愛情上真心與否，只有當事人心裏明白，表面的幸福假象，欺騙得了外人，欺騙不了當事人的感受。本詩的妙處，就在寫出「裏許暗自別」那種「不足為外人道」的棉裏藏針的感覺。

一六〇

朱景帶碧樓，新風吹羅幌，誰能懷春情，不發柔絃響？（明・于慎行〈子夜春歌〉，見《穀城山館詩集》）

朱景是太陽，和「朱羲」、「朱明」一樣指豔麗的太陽，陽光照著碧樓一帶，新風吹幌著羅幔，在這樣美好的日子裏，誰能不將懷藏在內心的春情，化作琴絃上柔美的音響向外傳送呢？

安詳而舒放的風，和暖而晴朗的日，鬱陶的心靈在此刻感到無比誘發的力量，再也按捺不住，要將一腔幽情彈唱出來，如此風光不用柔絃彈唱，還算是顆年少多情的心嗎？

一六一

相望潮水闊，相思潮水深，相思不相見，愁煞望潮心！（明・余繼登〈紀夢〉，見《淡然軒集》）

全詩環繞著「潮水」打轉：相望時的潮水，潮水何其寬闊；相思時的潮水，潮水何其深邃。相思而不能相見時，愁煞了這顆凝望潮水的心。

本詩由於字句簡鍊，也可以翻譯為：相望就像隔著海潮那麼廣闊，相思就像測量海潮那麼深邃，相思而不相見，憂愁的心就像望潮那般無邊無際。

題目〈紀夢〉可能是說這四句詩乃是夢中作成，詩人日思夜想，往往在潛意識中也在醞釀，在夢裏不自覺地錘鍊成句而妙不可言。

一六二

郎意匆匆妾意長，贈郎微物亦思量，金花梨子能消渴，怕道生離不敢將。（明・李流芳〈無題〉，見《檀園集》）

郎君的心情匆匆忙忙，說走就要走，而我的心意總是綿長地掛在他身上，想在匆遽的分別關頭送他一件東西，即使是小小的東西，也頗費思量，想送他一籃金花斑斑的木梨，讓他一路上消消渴，但又怕人家說梨離同音，「生梨」讖語作「生離」，所以不敢帶上。

古代人迷信多，婦女迷信尤多，梨離諧音不能送作禮物，蘋果病故諧音也不能送，鐘不能送，怕成了「送終」，扇傘也不能送，怕「散了」；剪刀也不能送，怕「斷了」。

一六三

籬外種都梁，籬內種黃檗，雖是愛他香，籬心苦難說。（明・徐熥〈子夜歌〉，見《幔亭集》）

籬笆外種都梁，都梁本來是山名，由於該山中生蘭草，特別香，又能辟不祥，所以稱為都梁香，後人便以都梁代表香蘭。籬笆內則種黃檗苦木，雖是愛它的蘭香，但籬笆中心地帶是苦味難說的。

就像玫瑰有香就有刺，愛情有甜蜜處往往就有受苦處。本詩的妙處是將籬外的香與籬內的苦，分別以種植兩種草木來代表，而「籬心苦難說」，籬離同音，越愛他香就越受不了離分之苦，離別的相思之心是苦得難以形容的。

一六四

妾心如朱絲，久在箱篋底，願為錦瑟絃，無人解調理。（明・宋登春〈古意〉，見《宋布衣集》）

妾的心像朱紅色的絲線，久久被藏在箱篋的底層，我希望有一天能成為錦瑟上的絃絲，就怕沒有人懂得調理我，令我發出各種高山流水、〈白雪〉、〈陽春〉的妙曲來。

長期以來「沒有發聲」的我，不一定就是甘心寂寂沈默，沒有聲音，假若遇到了知音，遇到了善於調理琴絃的人，「伯牙之手子期耳」，我的錦瑟曲一樣奏也奏不完。

一六五

自君之出矣，腸中車輪轉，欲向夢中尋，路長春夢短。（明・宋登春〈自君之出矣〉，見《宋布衣集》）

自從郎君出門遠去，我腸中的思想就像車輪在轉動，這車輪有時從夢中發軔，去遠方追尋，每次快要追尋到你時，就差一段，便即醒來，往你住處的路淒淒茫茫總是長了一截，而霏霏幻幻的春夢總是短了一段，以春夢量遠路，永遠還差一段，搆也搆不著，很無奈。

全詩的妙處，就在春夢與路的長短比較上，路老是比夢長出一段，快要尋著時就醒了。而腸中的車輪轉，正和這尋訪的路途情景調和一氣。

一六六

燭光影簇小垂鬟，不待回眸意已闌，漸近雞鳴如有失，明星落落一人還。（明・凌義渠〈雜憶詩之見〉，見《凌忠介公集》）

這詩在描寫一個去情人門外長時間等候的男子，躲在黑暗中，偷看情人的影子，自以為情人會出現，直等到天色將曙，才若有所失地走開。將這種偷看倩影而自作多情的守候追蹤，毫不諱飾地坦白招供，在古詩中甚為罕見。

燭光的影子中，最吸引人的是那個小小的垂髾少女，影子中就像簇聚著她的音聲笑貌，我凝視著這少女的燭影，不必等到她回眸相顧，就彷彿已經見著了她，和她心意相通了。然而我一直在窗外佇候，佇候到燭滅，佇候到雞鳴，佇候到晨星寥落，才感到空前的寂寞與失落，沒見到任何回應的動靜，只好一個人獨自黯然歸去。

沖邈上人翠微山居詩欣賞

沖邈，是十一世紀時北宋的詩僧，他的本名及平生記載很簡略，《宋詩紀事》卷九十二只錄了他的一首〈翠微山居詩〉，說他是政和中崑山詩僧，有《翠微集》。《宋詩紀事》的資料乃引自《玉峰詩纂》。考《玉峰詩纂》卷一，錄沖邈〈翠微山居詩〉八首，並介紹云：

> 邈，翠微僧，詩閒澹孤遠，取之。

連錄八首，選載的數量上較樓鑰的二首、沈東的一首為多，又評為閒澹孤遠，均隱寓推崇的意思。《玉峰詩纂》在沖邈詩之前，特錄蓋嶼〈讀沖邈翠微集〉詩一首云：

> 聖宋吟哦衹九僧，詩成往往比〈陽春〉，翠微閣上今朝見，格老辭清又一人。

從這首詩中，可以確定沖邈是宋代人，是宋代有名的九位詩僧之外的又一人。所寫成的詩，格調既老到，辭句又清秀，可比美〈陽春〉、〈白雪〉。對沖邈相當禮敬。查蓋嶼是銅臺人，是宋政和中的邑令，政和是宋徽宗的年號，時在西元一一一一年左右，當時沖邈的詩已經成集了。

再仔細比對《玉峰詩纂》中有關沖邈的資料，乃自《崑山雜詠》中轉錄而來，前書刊於明隆慶六年，後者刊於明隆慶四年，《崑山雜詠》的刊印早了二年，其卷三載沖邈〈和張景修壓雲軒詩〉一首，這些詩篇，都有助於了解沖邈活動的年代。

礎潤藏雲族，檐虛壓樹梢。經常逢夜講，齋不過中庖。有井龍應蟄，無泥燕不巢。登臨增野興，四顧盡寒郊。

起首兩句，把藏雲壓樹的山景寫出，作為「壓雲軒」的破題，開軒四望雖盡為寒郊，但井深有龍蟄，樑淨無燕泥，逢客夜講，以清茶破睡；瘦僧清齋，不過嫩筍供膳而已。配上張景修詩中「客清茶破睡，僧瘦筍供庖」的內容，可以想見沖邈的生活起居情景。然考張景修，常州人，為治平間進士，幼有神童之名，「治平」為宋英宗年號，約在西元一〇六八年舉進士，沖邈與他唱和，足見這時也是沖邈較為活躍的年代。

《崑山雜詠》裏介紹沖邈為「翠微庵主僧」，並說他「平生好為詩，所著有《翠微集》，年八十八終」，生卒年月雖不詳，享壽卻高，活動年代可確定在北宋中晚期。

《崑山雜詠》卷四又載郟僑〈訪翠微邈上人詩〉：

行客倦馳騁，尋師到翠微，相看無俗語，一笑任天機，曲沼瀉寒玉，橫山鎖落暉，情根枯未得，愛此幾忘歸！

沖邈人品上的脫俗、任真、親切，給人的印象是「愛不忍歸」，而所居環境也是山川秀麗。史載郟僑頗有才智，為王安石所賞識，是神宗時人，神宗是英宗之子，因此郟僑訪邈上人，該在十一世紀晚期，根據這些唱酬詩篇，大抵可確定沖邈的年代、身分，與人品。

沖邈的《翠微集》可能已不傳世，作品幸賴《崑山雜詠》保存了部分，卷四另錄沖邈〈凌峰閣詩〉一首：

> 締構擁蒼岑，空林一徑深。嵐蒸四壁潤，雲鎖半窗陰。都寂世塵影，但清天籟音。若教支遁買，應倍沃洲金。

起首寫出「凌峰」獨造的形勢，鎖雲蒸嵐，陰陰的濕氣，寂寂的塵外世界，只有天籟獨清。這地方遠勝晉代支遁的放鶴峰、養馬坡，所以支遁若來買這塊山地，要比道書裏所說的第十二福地「沃洲山」價格要加倍啦。用著名的沃洲山為襯托，說明這兒的清寂更適宜於放鶴。本詩與前〈和張景修壓雲軒詩〉一樣，幾乎全用白描，不喜用典，在純景物上字鍛句鍊，而對仗自然工整，說它的趣味是「閒澹孤遠」是不錯的。

沖邈的詩，除了上述兩首外，最主要的《崑山雜詠》卷二十所載的「〈翠微山居詩〉二十五首」，從山居生活中，親切地道出心境與禪理，不僅對俗世憒憒者給予清涼散，也是給修道坐禪者以最佳的示範，而本文之重點，即在賞析這二十五首絕句詩中的詩境與禪理，以彰揚沖邈上人〈翠微山居詩〉的不朽價值。

一

山水煎茶拗柳枝，禪衣百結任風吹，看經即在明窗下，得失榮枯總不知！

取山泉煎茶，拗一些柳樹的枯枝為薪，破敗的禪衣已經百結，也懶得去縫補，一任風吹飄舉，這時世俗的得失榮枯都不見不聞，只管靜心在明窗下看經吧。

禪家就是要把物質生活的要求，降至最低限度，心靈才特別自由，無物能拘束它。心靈自由，才能心清神旺，才能隨遇而安。

世俗中熱腸的人，大抵入世太忙，往往身名俱傷；憂世太銳，難免踉蹌多蹶；嫉邪太甚，不久反噬將及；標格太清，終究因瑕成釁（參見張夔〈熱腸賦〉），所以禪家學道，首重靜而達，靜有點像懶惰，達有點像放任，但只要勤於明道，閉戶讀書，減少世俗的愛欲，遠離譟囂與是非，力求澹遠清淨，才是明理培道的第一步。

這第一首詩和《論語》第一句「學而時習之，不亦悅乎」有異曲同工之妙，寫出獨修獨證的愉悅。只是禪家靜坐在明窗下看經，在求澹遠清淨，和儒者發憤讀書以求通經致用的目的不全同。儒者求道中的「實」，多實則多累；禪家求道中的「虛」，所謂「泊然無所起於心，而澹然無所繫於世」（參見明釋道忞《布水臺集》）。本詩中寫折枝烹茶，展經窗下，省去多少外緣的牽累，省去多少得失榮枯的費心，因而煩心惱身的無邊煩惱，得以斷卻，經書中的無量善法，得以修習，茶香禪坐中，儘可收攝精神，沉思諦觀，必能因定發慧。

二

任運騰騰作老顛，何須論道復論禪，莫將閒事來相擾，妨我長伸兩腳眠。

騰騰是「興起」的樣子，歲月向前滑行，任運隨緣，一會兒人就成了老顛，這時已不想招邀朋侶來論道復論禪了。多識人後一定會閒事增添，不是你去求人，就是人來求你，正如脩山主偈云：「知事少時煩惱少，識人多處是非多」（參見徐卷石《頂門針》），友伴相互的牽絆，便不易省事清心，妨害我長伸著兩腳而眠的樂境。

這第二首正如《論語》的第二句「有朋自遠方來，不亦樂乎」，卻作了相反的看法。這裏好像不贊成共修共證的真趣，即使共修共證，也不是人聚在一起，整日斷斷論辯，而只求心契在一起，各自為「了畢大事」而努力吧？

自佛家的修煉而言，正如《無量壽經》中所標舉的境地：「自然無為，虛空而立，淡安無欲」，比照本詩，則任運騰騰作老顛，就是「自然無為」；何須論道復論禪，就是「虛空而立」，虛空而立也就是「一法不立」，海東元曉師所謂「信解諸法，皆如幻夢」吧（參見黃念祖《無量壽經解》）？而莫將閒事來相擾，就是「淡安無欲」，無欲能使人我之間不作希求之想，自然不會有閒事來相擾了。唸佛參禪的人最忌閒事相擾，弄到「心不應口，聲不攝念」，反耽擱了「大事」。

至於「妨我長伸兩腳眠」是用六祖慧能的詩意：「憎愛不關心，長伸兩腳臥」，長伸兩腳不是懶散無心，而是積極求取「若無塵勞，智慧尚現」的美境，求得波靜水平，水平影現的自性無情境界，回歸「一念不生，全體即現」的清淨本心。

凡夫則永遠被牽扯纏縛在閒事裏，無法長伸兩腳眠的。王梵志不是有詩嗎：「凡夫真可念，未達夙因緣，漫將愁自縛，浪捉寸心懸，任生不得生，求眠不得眠，情中常切切，焦焦度百年。」禪家忌俗務，正可引為警惕。

三

閒來石上臥長松，百衲袈裟破又縫，今日不愁明日飯，生涯只在鉢盂中。

閒來無事，走到長松下的石塊上躺一躺，身穿的百衲袈裟，早已經破了又縫、縫了又破。今日不必憂愁明日的飯有了沒有？生涯就只在眼前的鉢盂之中。

生涯就只在眼前的鉢盂之中，才能不羨慕外界的東西，不羨慕外界的東西，才能做到淡而怡悅。本詩幾乎是將衣食住行都描繪到了，衣取蔽體，不羨慕錦繡；飯飽今日，不羨慕甘飴，一無希冀，隨時饜足，是何等的人物？比起遑遑然永遠歉缺不夠的凡夫，相去何啻天壤之別？想要脫出「心為形役」的樊籠，實在要從生活日用中做起的。釋敏膺禪師說：「佛法在日用處，穿衣喫飯……一一天真，一一靈妙，於中覓纖毫聖凡情念了不可得。」（見香域自求膺禪師《內外集》）若從這個觀點看，沖邈的瀟灑勁兒才十足被彰揚了出來。

本詩最想凸顯的思想，就是第三句「今日不愁明日飯」，誰能今日不愁明日事？世少百年人，常懷千歲憂，總在為明日又明日而盤算計量，放心不下，顰眉終日，營營擾擾，外則苦其身於攘取，內則苦其心於思慮，所以人的一生就叫做「勞生」吧？哪能像沖邈這樣不必追憶既往，不必逆料將來，只就當下的鉢盂，便能無憂無慮，飲啄如意，胸次的寥廓，誰能相及？

更何況生活的饜足與否，完全在心，心中不饜足，縱使有千駟萬鍾，仍在作更豐厚的期待；心中能饜足，即使僅一盂半鉢，也沒有不充裕的感覺。本詩正說明「知足」在生活中的靈妙作用。

四

臨溪草草結茅堂，靜坐安禪一炷香，不是息心除妄想，卻緣無事可思量。

臨著小溪草草地結成簡陋的茅屋，點起一炷香，在裏面靜坐，安禪於此。一般佛家的安禪是求安息機心、制服妄想，但對我來說，根本一念不生，無事可供思量呢！

靜坐安禪的修行者，最難制服妄念，妄念躁動，便不能面對靜室。眾生的妄心，念念相續，如急急的流水，從未暫息。人生的煩惱都來自妄想，妄想有三種，一種是追憶往日的榮辱恩讎，悲歡離合，種種閒情，乃是過去的妄想；一種是事到眼前，畏首畏尾，三番四復，猶豫不決，乃是現在的妄想；一種是期望將來，富貴榮華，功成名就，所想均為一切未可必得的事，乃是將來的妄想，三種妄想忽然而生，忽然而滅，禪家稱之為「幻心」，修行者能照見其妄，力求斬斷念頭，禪家稱之為「覺心」，不患念起，惟患覺遲，要將心鍊得如太空，才能讓妄想煩惱無處落腳（參見敖清江《綠雪亭》引老僧語）。

將心鍊得如太空，比較抽象。修行者制服妄想常用數息的方法，或從一至十順數，或從十至一逆數，專數呼出的息，不數吸入的息，把心念集中到鼻端，專數出息，不急不緩，綿綿出入，數到惺惺寂寂時，便能定住安靜而治癒妄想（參見惠光禪師《宗門講錄》）。或則攝心專注，持佛名號，念一佛名，以除妄心。然而單靠勉強按捺，粗念雖得稍息，細念從未暫止，要能達到「見思煩惱，自然斷落」極不容易（參見黃念祖《佛說無量壽經解》）。本詩能於靜坐安禪時，自然「無事可思量」，已是「巧入無念，即凡成聖」的境地。佛陀不就對阿難說過嗎：「祇要除去一切妄想，住於無念無想境時，身心安樂，了無苦惱。」（參見聖嚴《佛陀示現人間》引《長阿含經》）本詩已道出了這種境地，雖不稱樂，其樂可知。

五

老老山僧不下階，雙眉恰是雪分開，世人若問枯松樹，我作沙彌親自栽。

一位老老的山僧不再下階梯走動了，他的一雙眉毛恰像白雪樣分開兩撮，如有世人問起寺廟前枯死的老松樹，這位老僧會告訴你：「這棵松樹還在幼苗時，是我初作小沙彌時親自栽種的！」

松柏是長壽的樹，但此松已枯，人尚健在，可知山僧年壽既高，法臘亦長，用松樹枯死一烘托，山僧的「老老」形相可以想見，而「老老」兩字聯用，並說他已不能走下階梯，描繪「老之又老」的龍鍾老態真如在眼前了。

這老僧可以是沖邈自道，因為年壽、法臘、地緣都能吻合，當然這老僧也可以是另有其人，沖邈只就眼前所見的一問一答，客觀地錄下來，倒不像是在誇詡住世年壽的久長，而其中實寓有滄海桑田變化的感慨吧？

這詩的要點就是把一般世人所認為的「長時間」，在「無常」的觀照下，再長的時間也不過是短時間，即使美其名為松柏長青、青春永駐，哪一樣跳得出成住壞空的輪迴替換？近代的妙覺禪師云：「風吹池上柳，月照鏡邊翁，不逐年華轉，焉知佛性空？」可見無論景美景寂、柳青松枯，都觀見流光如矢、逝者如斯，何處不可證佛性本空呢？

六

老來欲覓人間物，須向紅塵問世人，莫怪山僧無掃帚，都緣行處不生塵。

老年以來與世隔絕，對人間事務隔閡得很，如有尋覓，必須向紅塵中人去探詢，我這山僧是不帶掃帚的，不必奇怪，都因為我的行處本不生塵，又何須日日去掃行跡呢？

古人為了迎接嘉賓，往往有「掃塵相迎」的禮節，因而禪家參修，迎見本性，也以掃除雜念為主。有人問祖師：「念念相續，掃除不盡如何？」師曰：「朝朝掃心地，掃著越不靜，若要心地靜，撇下苕帚柄！」（見徐卷石《頂門針》引）沖邈上人早就不須朝朝去掃，早就撇下掃帚，根本行處無塵，不必穿什麼「脫塵履」，更不必撇「掃帚柄」，境界自然更高一等。

佛家對「塵」字是敏感而多義的，詩中的「紅塵」、「不生塵」故意重出「塵」字作為對比，雖向紅塵中去，卻不沾一點塵灰，所謂「百花叢裏過，一葉不沾身」（釋敏膺句）是何等超脫的本領？塵字在六祖慧能的偈中是「本來無一物，何處惹塵埃」，境界自然超絕，紅塵中的色聲香味觸法，也稱為六塵，由六根對六塵的感觸，才有苦樂的感受，然後有了追求快樂、貪財愛色、擴張自我的行為，一切惑業由此而生，一切性格命運也由惑業而循環不息，誰能做到「行處不生塵」？正是身口意三業清淨，貪嗔癡三毒的意念不動，妄想自然斷落，不然，怎能不持掃帚抹布時時勤拂拭呢？

七

幼入空門絕是非，老來學道轉精微，鉢中貧富千家飯，身上寒暄一衲衣。

自幼年進入空門作小沙彌，就開始謝絕人間的是是非非，到老年學道時已進入精微的境界。志於道者不以惡衣惡食為恥，所以鉢中所化緣者為貧家富家任意給的千家飯，身上所披著者為無冬無夏不分寒暖的同一件百衲衣。

本詩要凸顯的也在第三句：「鉢中貧富千家飯」，千家飯是沿門托鉢隨緣施捨來的，自當不計較飯菜的內容，據說佛陀最後接受鍛工之子淳陀的供養，是供養軟豬肉（梵文原文意），漢譯本稱「栴檀耳」，是栴檀樹上所生的木耳或菌類，乃印度的美食。聖嚴法師曾進一步說明：「把它說成野豬肉的看法，在中國系統的佛教界是不能接受的，因為中國佛教是素食主義者。至於在南傳系統的小乘佛教界，倒沒覺得什麼不對之處，因為錫蘭、緬甸等的比丘，向俗人家托鉢之時，得到什麼便吃什麼的。」（見《佛陀示現人間》）

高僧以禪悅為餐食，以煙雲養其性情，並無塵俗存乎胸臆，本詩自不在計較食物的葷素美惡，也不在計較衣服的絲麻厚薄，吃著隨緣所得的飲食，穿著無所別擇的衣物，只在表明五欲的財色名食眠，五塵的色聲香味觸，不能伺人左右，乘隙而動，出家人把物欲降到最低，日中一食，樹下一宿，五塵之魔無所施其技，而被降伏。

三界之內，凡具誘惑性，使人易於墮落的諸魔，皆因幼年絕是非、老年轉精微而脫出魔的繫縛，萬事萬物心無拘束，隨緣而運，一切通達無礙，本詩就在說明這分自在吧？

八

莫向人間定是非，是非定得有何為？而今休去便休去，若欲了時無了時！

不必向人間去下是非的定論，就算你能將是非作了定論，又能做什麼呢？如果決定要休歇，今天就該開始休歇，若想等待有一天諸事齊了才休歇，就永遠也不會有齊了的一天。

這四句詩裏，包含兩個理念，一是定天下的是非乃屬徒勞。一是要決斷就決斷，萬萬不可因循不決。少延宕爭論，快決斷力行，是本詩的主旨。

人間由於立場不同、視角不同、經驗不同、利害不同，凡事很難有是非的定論，莊子就破解了「是非」的執著，而飽於世故的人就會勸人：「悅世有妙傳，善承人意旨，事理不必明，但道聲聲是！」（見清・時慶萊《鐵石亭詩鈔》）如果你硬要定個是非，往往反被絞入是非漩渦裏去，難以拔脫，也有詩道：「賢者忘是非，愚人苦分曉，分曉日精明，是非日縈繞！」（見徐州詩徵引王錫田〈詠史詩〉）當然沖邈教人不必去定是非，或許是因為去定是非，常會生氣，若無我相，還有誰要生氣？

既是娑婆世界，本沒有絕對的是非，也沒有絕對的清淨之處，「而今休去便休去」，休是休歇其心，而不是指身體與境遇。佛家修行，修就是休歇這妄心，隨時隨地都應歇，都能歇，不是要等做畢某些事、等到某處地，才去休歇，所以「休」不是年歲的退休，不是場地的住廟，而是收攝心志，不必挑環境時日，這就是所謂除「心」不除「境」的道理。「今」即是「當下」，要休歇就當下立斷，所謂休歇，就是「萬緣齊放，一念單提」，發堅固心，誓言今日起「依尊無他」，當下就討個決斷，不再拖泥帶水，探頭轉腦，《華嚴念佛三昧論講記》中黃念祖說得好：「一念因循，輪迴無盡」，若想求個「了時」，將到何日才有「了時」呢？本詩喚人警省處，正在這裏。

九

朝見花開滿樹紅，暮觀落葉又還空，若將花比人間事，花與人間事不同。

早晨看見花開滿樹紅豔，黃昏時再觀賞只剩落葉，枝頭已經空空了。如果把花來和人間的事理相比，花與人間的事理有許多不同呢！

全詩的問題就在第四句：「花與人間事不同」，有什麼不同呢？人間的榮枯不就像花樹的開謝嗎？人間盛衰的循環迅速，不就像花樹春秋替代的循環迅速嗎？花要謝，人要老，人生的少年老年，不也像紅豔的花轉眼變成枯黃的葉嗎？看花要趁早及時，遲了就飄零殘紅滿眼，人生努力不也要趁早及時，遲了也一樣落魄飄零不堪嗎？落花落葉都沒有重回故枝的機會，人生很快就髮白齒豗也無法重回少年時代的。

然而花與人間事理究竟有什麼不同呢？第一個不同是：明年花仍將開在今年的地方，而明年的人卻不一定仍能在今年的地方。明年花仍開得如今年一樣嬌豔，明年人卻不一定仍有今年一樣的青春漂亮，「今年花是去年好，去年人到今年老」，不是嗎？況且明年花一定再開，春天會信守著年年不變的舊約，而明年的人一定仍健在嗎？誰能賭下咒約呢？

第二個不同是：花能再開，而「人身一失，萬劫難復」！從花樹的萌發凋零間也許還不易認清「生死事大，無常迅速」，但人身難得，不好好把握今生，「此身不向今時度，更待何時度此身？」人身並不如花那樣容易輪迴再來，人和花比，花雖短促，而人還比花不如多啦！

一〇

百計千般只為身，不知身是冢中塵，莫欺白髮無言語，此是黃泉寄信人！

一般的人，百計千般，都「心」為「形」役，「身」視為是主要的，「心」反而成為次要的。勞苦這顆「心」去南征北討，晝思夜想，只為了謀取「身」的體面、光彩與享受。由於這種愚癡執著，忘了佛教的平等觀，眾生是平等的，無人我的，妄分人我，以我比眾生重要，刻刻為「自身」打算，不離我癡、我見、我慢、我愛，盡力攫取種種可供自身享受揮霍的資源，只為自身謀利益，於是貪瞋癡乃至殺盜淫……等十惡業均於此造端，而不斷播下煩惱痛苦的種子。

所以佛家講善業，必須先明白自身的形體，只是墳冢裏的塵灰，查東山在〈參問〉中說：「一具爛骨頭，鏤空作蟻穴，子孫還只道是你！」（見清・祝尚矣《半邏隨筆》）就是教人明白身軀不過像盛糞的畫瓶（見《菩薩處胎經》），佛家教人厭棄這些貪著，不存我見，明白「一切法皆無有我」，方能自深重的積習裏解脫出來。

本詩的主旨，就是說明世人貪愛至極、百般欲維護的「身」，只是冢中的塵灰。其用意正如《解深密經》中所說：「觀青瘀及膿爛等，或一切行皆是無常」，佛家觀死屍的青瘀潰爛乃至成灰，令人修此「不淨觀」，可以治癒世人內在的貪心。《瑜伽師地論》說：觀死屍青瘀的不淨相，可治「顯色貪」；觀死屍的膿爛不淨相，可治「形色貪」；觀白骨骷髏的不淨相，可治「妙觸貪」；觀屍身的散壞、成塵土，可治「承事貪」，用來證悟「一切行皆是無常」（參見釋演培《解深密經語體釋》）。本詩強調「身是冢中塵」，正是作這種「不淨觀」。

三四兩句作了一個極為動人的比喻：白髮好像沒言語，你且不要欺瞞它、輕視它，白髮其實是郵差信使，是從黃泉下遞信來的郵差信使，遞來一封死訊將至的郵差信使！任你一時叱咤風雲，任你一時豔光照人，那死屍由青瘀膿爛，直至「散相」、「燒相」的九種不淨，轉眼不就在眼前了嗎？

二

早灰百念臥靈山，世路無心絕往還，僧相衹宜林下看，不堪行到畫堂前。

早年就百念俱灰，喜歡歸臥於靈山之上，靈山是靈鷲山的簡稱，原本是釋迦如來報身的淨土叫靈山淨土，中土也沿用這名字，浙江杭州的飛來峰也叫靈鷲，蘇州附近崑山的翠微山，也可以「靈山」來代表。

歸臥於靈山之中，深居簡出，早就無意於世間交際，糾葛既少，往還幾絕，這對專修梵行的人來說，必須捨親割愛，擺脫一切，不然永處纏縛，妄心攀緣起伏，五欲六塵的念頭很難泯滅的。「世路無心絕往還」，寫出家人猛利無間、心境空寂、百雜粉碎，才有窺識本體真純的可能。

所以沖邈相信「僧相」——這剃頭披袈裟出家沙門的形相——只適宜在林泉下去觀看的，如果把僧相放到富貴人家的畫堂前去觀看，就顯得庸俗多事，有點格格不入了。詩中的「衹宜」與「不堪」，可能是基於「僧閒宦忙」、「僧淨宦累」、「僧清宦濁」而言的，不過，「僧相」行到畫堂前，就算有點市朝習氣，還算有些清涼作用；若將「宦服」穿到山寺之前，愈放不下軒冕規矩，不就愈發覺得鄙俗不堪嗎？

一二

一池荷葉衣無盡，數樹松花食有餘，卻被世人知去處，更移茅舍作深居。

第一句談衣，第二句談食，第三四句談住行，把衣食住行都說到了最簡樸最原始的生活。只要有一池荷葉，一生的蓮衣就穿著無盡了。只要有數樹松花，一生的松子或菇菌就充饑有餘了。至於住處也極簡單，只要我的行蹤已被世人所知曉，就另築一棟茅屋，轉移到山林幽深處去居住吧。

本詩的前兩句，後來釋敏膺禪師亦有偈云：「荷葉亦蔽身，松花可充腹，苟弗至饑寒，便當懷知足。」命意是據沖邈上人詩而來，但又闡發這是最知足的人生方策，生活上只求苟免於饑寒即可。

佛家喜以荷葉為衣，因為袈裟又名蓮華衣，說荷衣乃是「不為欲泥染故」，遠離染者。山僧喜以松花為食，因為《長阿含經》中純陀（又名周那）設飲食供佛，特別煮旃檀樹耳，為世所珍，這樹耳類似松香木上的木耳菇菌，為僧者所喜，如此衣食皆取自天成，自然是樂天知足的人。

本詩的末後兩句，乃取唐代劉長卿〈送上人詩〉：「孤雲將野鶴，豈向人間住？莫買沃洲山，時人已知處。」的詩意，作了贊同，要作一個真正避世高隱的人，應比孤雲野鶴，更韜光晦跡，更遠離人群，更瀟灑出塵！

一三

高人遠望石稜稜，疊嶂迴巒數十層，時人只識雲生處，不見松蘿巖下僧。

高人遠望那山石突兀稜磳，山嶂堆疊，丘巒迴伏，濃濃淡淡深藍淺紫的嵐線有數十層，一般的人只認識雲層生起處，卻看不到松蘿山巖石下隱逸的高僧。

本詩用字簡要，深一層的寓意不易揣測，或許在說高人所見者遠大，時人所見者浮淺。高人所見山石磽确，層層疊垛，有似篤實苦行為修煉途徑的意思，而一般時人，只見雲生石際，只看到一些須臾變滅的浮想，以兩者作對比，顯出高人與俗人眼光的久暫深淺吧？

也或許「時人只識雲生處」是暗指「雲心」而言，《大日經》裏說：「云何『雲心』？謂常作降雨思念。」人心鬱翳，滯於淫妄，憂慮滋多，常作降雨思念，而不是晴朗的心境。哪能像松蘿下的高僧，或居於雲上，妙供雲海，或超脫俗界，離於世間憂喜。只是隨順法喜，眼光裏何時不是晴空萬里雲山千疊呢？但這高僧晦跡甚深，不是時人眼光所能看得見的。

一四

辭君莫怪歸山早，為憶松蘿對月宮，臺殿不將金鎖閉，來時自有白雲封！

辭別君以後，不要奇怪我歸山太早，就為了要過松蘿下的幽居生活，每晚在松樹下面對月宮的隱逸生活，多麼愜意！愈早歇腳歸山，就愈安適怡悅，山中的臺殿廟宇和月宮的臺殿棟宇一樣，不需要用金鎖閉守，人不在的時分，自然有白雲會替它把關封住的。佛家的月天宮殿，是純以天銀天青琉璃相間錯而成（見《起世經》）。

全詩的趣味就在白雲替臺殿把關封住，因為用金鎖封住是出於「人為」，用白雲封住是出於「天趣」，人為的意味有限，天趣的意味無窮，所以「白雲封」便成了後代許多詩人常用的套語了。

《佩文韻府》在「白雲封」的辭條下，引陳摶詩：「臺殿不將金鎖閉，來時自有白雲封。」兩句與沖邈詩全同。《佩文韻府》以此二句為陳摶作，陳摶至宋初逝世，遠較沖邈時代為早，沖邈二十五首〈翠微山居詩〉中何以抄襲兩句陳摶詩呢？

追查《佩文韻府》的依據，大概是摘錄自宋劉斧所作《青瑣高議前集》卷八，其中引陳摶詩：「華陰高處是吾宮，出即凌空跨曉風，臺殿不將金鎖閉，來時自有白雲封！」但《青瑣高議》一書，本不著撰者名氏，《晁公武讀書志》及《宋史・藝文志》均未言及作者姓名，趙與時《賓退錄》稱為劉斧作，劉斧年代遠較沖邈為晚，而《四庫全書》不收《青瑣高議》，僅列存目，且評為「里巷俗書」、「所記皆宋時怪異事蹟，及諸傳記多乖雅馴」、「坊賈傳刻，又有所竄入」，可見《青瑣高議》所引陳摶詩，極不可信，是抄襲沖邈詩兩句然後偽造為陳摶詩，而決不是沖邈抄襲了陳摶詩。沖邈詩二十五首甚為完整，而《青瑣高議》好奇偽造，自非陳摶原作。大陸北京大學近編《全宋詩》卷一，竟輯為陳摶佚詩，乃未經考辨而濫收而已。

一五

獨搖金錫出樊籠，便踏孤雲上碧峰，莫怪腳穿脫塵履，且圖行處不留蹤。

獨自搖振那根比丘的錫杖，杖頭的環錚錚作聲，搖著這根代表智慧的錫杖，跨出了俗世的樊籠，便一路踏著孤雲，登上了碧峰。不要奇怪我為何腳穿脫塵的鞋履，就在打算教行處不要留下蹤跡吧！

「出樊籠」可以解釋為解脫八纏三縛，八纏者：無慚、無愧、嫉、慳、惡作、睡眠、掉舉、惛沉。三縛者：貪瞋癡。「出樊籠」也可以指脫出阻礙法的樊籠，那不外是利、衰、毀、譽、譏、苦、樂的八風，出了樊籠才能所行無礙，凡夫很少有不為所動或不為所礙的。出了樊籠，方能脫情捐累，求法證悟，行腳於天下。踏雲上了碧峰，正象徵著到了清涼地。「踏孤雲」、「脫塵履」都只是詩意的描繪，並不是真像白居易那樣用素綃雲花染以香末，一踏足履就生煙霧的「飛雲履」（見馮贄《雲仙雜記》）。

佛家《菩薩持地經》有「行道跡住」的說法，跡就是蹤跡，指修習真觀，漸次斷思惑，即有行道證入的蹤跡。行處不留蹤，即不露行道證入的蹤跡，正如第二十首所言「詩句不曾題落葉，恐隨流水到人間」，晦跡之深，不使人知，這「人不知而不慍」的工夫，才是常悅常樂的真境。

這詩末兩句也和第六首「莫怪山僧無掃帚，都緣行處不生塵」的寓意相通。佛家有掃地三昧，《毘奈耶雜事》中說掃地可使自心清淨，令他心淨，諸天歡喜，植端正業……等等，行處不生塵、行處不留蹤，都是自心清淨的比況語。

一六

三界無家誰最親？十方唯有一空身！但隨雲水伴明月，到處名山是主人！

羅什大師說：「世間者，三界也。」即欲界、色界、無色界的三界世間，我早已經無家了，誰是我最親的人呢？四方四隅再加上下的十方之中，我唯剩有空門的身子，這身子就隨著雲水，伴著明月，所到的各處名山，都可以安心住下來做名山的主人。「雲水」取行雲流水的意思，已經成了行腳僧的代名詞。

何處有名山，何處就可以住下來，這正如明人譚元春所說：「凡山之妙，不在遊，而在住，游則客，住則主人，主人則安焉。」（見郊庵訂定《譚子詩歸》）遊山容易，住山則難，住山而身心安頓則更難。住山而身心安頓才成為山的主人，沖邈不執著一處，到處名山是主人，正寫出隨遇而安的心境，比譚元春的「住則主人」更轉進了一層。

有人問：如何是真出家？答云：不住五蘊宅，是名真出家。真出家人五蘊皆空，連身亦空，與誰最親？何處為家呢？出家修道，期待「十方世界現全身」的境界，所謂「十方世界獨露全身，山河大地全彰法體」，到處的名山、雲水、明月，都是我心，都是我佛，也都是我家、我主。

一七

茅簷靜對千山月，竹戶閒棲一片雲，莫送往來名利客，階前踏破綠苔紋。

茅簷下靜靜地對著千山的明月，竹戶上閒閒地棲著一片白雲，不要送往迎來這一批批求名求利的俗客，他們絡繹不絕的腳印，會把階前美麗的綠色苔紋都踏破了！

月無所謂靜，只有自己靜時才會對著前來的月光；雲無所謂閒，只有自己閒時才會欣賞棲宿的白雲，月與雲，都給人天然的靈機，蘊含著秀發的天機與靈氣，隨著各人靈性的雅俗程度而感發不同。

佛家把月與雲不僅看做人間的清涼散，更將月視為勢至菩薩的化現，月眉月面，具有佛相。佛家的雲也常帶著僧侶的意義，雲水是行腳僧，禪僧相親叫做雲兄水弟，又稱雲眾水眾，所以僧家看月看雲，比俗世尤為清絕。

僧家專心修道，自身先要放下名利，並不求世間的名利恭敬（見《起信論》），更不可為了求名聞利養，而故畜徒眾，不然就是「邪見人」，就是「名魔弟子」（見《行事鈔》上卷三引《善戒經》），而對世間凡夫「貪著於名利，求名利無厭」要予以警醒，對世間凡夫「沉沒於愛欲廣海，迷惑於名利大山」，要多起拯拔慈悲的心，因此名德高僧自然要謝絕對名利客的逢迎接送，憐惜他們營營擾擾，把階前的綠苔紋都踐踏破敗了。

一八

踏石穿山一老僧，白雲為伴水為朋，通宵只在洞中宿，月上青山便是燈。

踏著石塊，穿過山嶺，走來走去，只有我孤獨的一個老僧，以白雲為伴侶，以清水為朋友，有時整夜只在洞中渡過，當明月從青山上昇起來，就是一盞大好的明燈呢！

通首詩全為自然景物，石、山、雲、水、月，融合一片，一無人力文明於其間，老僧行走山中，露宿洞中，過著原始的生活，即使出現一盞燈，也不是用火燃著的，而是以月為燈，寫出他完全以自然為師，以自然為友，以自然為生活日用。

全詩的佳句，就是第四句「月上青山便是燈」，這全屬「天趣」的情景使全詩大放異彩，因此本詩單就寫景的角度來欣賞，青山明月、雲水湛湛，已經很美。

當然，「雲水」在釋家有特別的含義，已見前述。「燈」也有特別的含義，燈為佛家六種供具之一，以標示佛的智波羅蜜，所謂「為世燈明最勝福田」（《無量壽經》下），佛家也有「燈菩薩」，是金剛界曼荼羅外四供養菩薩之一，又有「燈明佛」，見於《法華經》。一燈高懸，可以有象徵意義。而「月」與「燈」相聯，又有所謂「月燈三昧」，佛對月光童子說一切諸法體性平等無戲論三昧的法門，就叫「月燈三昧」（見《月燈三昧經》）。「月上青山便是燈」，其中的禪趣，或有或無，也可有可無。

一九

人生在世急如風，昨夜今朝事不同，不信但看桃李樹，花開能得幾時紅！

人生在世間，急急如一陣風掃過。只要看昨夜和今朝的旦暮之間，情事往往有了大大的不同，如果你不信一夕之間就有大變化，那麼就只須去看看桃樹、李樹上所開的花，花盛開後又能紅多久呢？

全詩的警句是第一句的「人生在世急如風」，把人生的短暫、迅速、來無影、去無蹤、不可信託、難以捉摸的許多特性全比喻了出來，然後舉桃李花以為證明，證明人事變幻，無常迅速，從昨夜到今朝，已經起了大變化！

佛家總愛以死來教人醒一醒，所以愛說「無常」，說無常時愛用風來比喻，說人生是風中燈，風前燭，「一生是風前之燭，萬事皆春夜之夢」（見《往生講式》），「誰能知死時，所趣從何道？譬如風中燈，不知滅時節！」（見《坐禪三昧經》），「無常迅速，念念遷移，石火風燈，逝波殘照，露華電影，不足為喻」（見《萬善同歸集》卷五）。都在說世間轉壞，人命無常。本詩就直接比喻成急急的一陣風，也十分喚人警省。

以花開花謝來喚醒人生如白駒過隙的詩篇，古今不計其數，後人釋敏膺亦有詩道：「柳綠花紅不當春，春歸一霎正愁人，來朝重問春消息，滿地殘花碾作塵！」青春一霎，殘花成塵，正說明了花開能有幾時紅。佛家對於因飛花落葉的外緣而自覺悟無常，斷惑證理者，叫做「緣覺」、「獨覺」。

二〇

僧家無事最幽閒，近對青松遠對山，詩句不曾題落葉，恐隨流水到人間！

僧家日常無事，最為幽閒，面對著近處的青松，面對著遠處的青山，不會多事地去把詩句題到落葉上，唯恐題著詩句的落葉隨著流水，流到人間去，洩露了山中的天機，會打破無事幽閒的妙境。

本詩是用僧家的「無事」相形出凡俗的「多事」，無事幽閒時，半日靜坐也好，半日讀經也好，精神不外馳，腳跟不散漫，心志愈固則妄想愈少，世緣愈疏則道心愈切，要不然，多一事就增一事之累，識一人就費一人之心，不省事如何心清念淨？不捨離如何離障自在？

所以「詩句不肯題落葉，恐隨流水到人間」，正省卻多少外緣染著？

唐代深宮有紅葉題詩流出御溝後牽引出婚姻的故事，正是凡俗「多事」的寫照。深山裏的高僧，唯恐被世人知其去處，唯恐被閒事來妨擾伸腳高臥，行處都不肯留下塵跡，哪裏肯多事地在落葉上題下詩句，流向人間去招惹是非呢？

二二

霜飛峭壁夜猿驚，手把松枝叩月明，知有石龕僧入定，朝來不作斷腸聲。

霜飛的時節，驚動了峭壁間的夜猿，夜猿攀著松枝在月光下敲拍著，牠知道石龕裏面有僧徒正靜坐入定，近日來都不敢發出斷腸的聲音。

「入定」是使心定於一處，止息了身口意三業而入於禪定，故意寫猿亦能通曉僧意，強壓住情緒，即使霜夜寒顫，也不敢哀鳴驚擾。

這是二十五首山居詩裏，第一次出現了動物，也是二十五首詩中唯一提及的動物。哀猿作斷腸之鳴、猿鳴三聲淚沾裳衣，乃是沿用中國傳統詩文裏的想法。佛教典籍中提及動物，大抵以獅、鹿、虎、鼠、犬、雞為多，猿則甚少，偶有提及，並不如中國取意於鳴聲哀絕，而是取義於心浮氣躁。如「心如猿猴，遊五欲樹，暫不住故」（見《心地觀經》卷八），「二六之緣，誘策意猿」（見《三教旨歸》下）。這「心猿意馬」的成語，來自佛典，而老僧入定時，正所以「澄心於定水」，要求「制情猿之逸躁，縶意馬之奔馳」，所以老僧入定，與奔跳於峭壁松枝上的猿猴，正好作了一靜一動的對比。

二二

任性隨緣一比丘，一生無喜亦無憂，白雲縱聽飛來去，但得青山在即休。

一個任性隨緣的比丘，一生已經註定是無喜亦無憂了。聽任那白雲飛來飛去，變幻萬千，只要青山依舊在，就可以安歇了。

這比丘已經能做到「任性」——不假人偽造作的率性而行，又能做到「隨緣」——隨眾緣，隨機緣，聽其自然發展，一生裏幾乎無有可喜的事，也無有可憂的事。那是因為任性隨緣，不由我一心緣起，可以避免種因報果。不因「因」而緣起，不因「果」而緣生，跳出了惑、業、苦三道展轉的「業惑緣起」，由於無惑，所以不喜不憂，不貪不瞋，也因而沒有惡身之業、果報之苦，一生不受憂喜的侵擾。

白雲的飛來飛去，都如緣外塵而生的緣影，青山的獨鎮獨靜，倒像如如不動的本心，管他白雲虛妄變幻，終不讓緣務妨害禪心，禪心如青山永在，其他就不用多管了。

二三

爐中無火已多時，早起惟將一衲披，莫怪山僧常冷淡，夜深無處拾松枝。

爐中的炭火已經熄滅多時，早晨起來只有一件衲衣可以披身，不要奇怪山僧為什麼如此安於冷淡，只因為夜深後無處可以去拾取枯朽的松枝呀。

全詩都從寒冬取暖方面說的，用爐火取暖時，不肯多費樹木，每日只以拾得的枯枝為限，今日用畢，要待明日再去拾取，夜深取暖的柴火不夠，就忍著點寒冷吧，自不必又鋸又斫貪心囤積柴火的。身上的衣物，寒暑都只披一襲衲衣，也不會貪心多儲裘襖，處處顯示出一絲一粟節用惜福的心意。

「惟將一衲披」，正如《佛祖統紀》裏描寫慧思尊者一般：「平昔禦寒唯一艾衲」，這裏面含蘊著僧者偉大的苦節貞心。「衲」是「納」的俗寫，佛家本稱為「五納衣」，當時天竺人諱忌穿火燒過的衣服、水泡漬的衣服、鼠咬破的衣服、牛嚼過的衣服、老祖母所遺棄的衣服，僧者取這些眾家拋棄的衣服，縫成共納諸惡的「納衣」。也有說「五納衣」又叫糞掃衣，乃指路邊丟棄的衣服、掃糞留下的衣物、河邊棄置的衣服、蟲蟻穿破的衣服、破碎的衣服。總之僧家該有「人棄我取、節用天物」的惜物心意，不厭惡別人賤棄的東西。

在佛家的眼裏，「惟將一衲披」有十種好處，叫做「納衣十利」：一是不在意衣服麤醜，二是求索的欲望減少，三是隨意可坐下，四是隨意可躺下，五是洗浣容易，六是很少有蟲蠹蛀壞，七是染色容易，八是弊壞易補，九是不須另備衣服，十是不失求道之心（參見《釋氏要覽》上）。其實「不失求道之心」才是最重要的。

二四

豈是栽松待茯苓，且圖山色鎮長青，他年行腳不將去，留與人間作畫屏。

我喜歡栽種松樹，豈是為了收穫松根下的茯苓？不是的，我喜歡栽種松樹，是為了讓山色一直鎮守著青翠的顏色！將來我即使行腳如雲水飄忽不定，這松影山色將不可能一并帶走，名山喬松自然被留置著，永遠成為人間美麗的畫屏。

茯苓是一種高貴的藥材，寄生於山林的松根之上，成塊球狀，外皮黑而皺縮，內部白色或淡紅色。《淮南子．說山訓》說：「千年之松，下有茯苓。」相傳茯苓凝聚了松樹的神靈之氣，餌茯苓可以長壽滅鬼。沖邈特別說明自己愛種松樹，是只問栽種，不問收穫，種松哪裏是為了採取靈藥？種松乃是為了自然景觀，完全是留給遊人去賞心悅目。高僧的詩裏，常見種樹惜生的意思，與今日環保意識相符的愛護林木的心懷。

這首詩和唐代大詩人戴叔倫的〈贈鶴林上人詩〉，有點相像：「日日澗邊尋茯苓，巖扉常掩鳳山青，歸來挂衲高林下，自翦芭蕉寫佛經。」高僧的生活，大抵相似，戴叔倫有〈越溪村居詩〉：「年來橈客寄禪扉，多話貧居在翠微」，似乎與沖邈的翠微山居亦有地緣關係；沖邈的詩風與戴叔倫的「詩興悠遠，每作驚人」也很相近，沖邈的「月上青山便是燈」很像戴詩的「吟對秋山那寺燈」，卻比戴詩更動人。

二五

高高峰頂恣情田，買斷清閒不用錢，堪笑白雲無定止，被他風吹出山前。

高高的峰頂上，倒可以恣情任性地享受：把天下的清閒都買來，也不須費一文錢。最可笑的是白雲的行止從沒有一定的軌道，被風一吹，就爭先恐後地湧出山前去了。

這詩後兩句，仍和戴叔倫的〈題淨居寺詩〉相似：「滿地白雲關不住，石泉流出落花香。」所謂閒雲野鶴，其實雲還不如老僧清閒，雲只能暫時住在山上，一被風泉鼓動，紛紛求去，不是出山而去，就是下山求去，不是化雨而去，就是伴月而去，哪能像山僧有定力，在高高的峰頂上享受著買斷來的清閒，長住峰頂不動呢？

本詩中的「雲」與「風」，是二十五首中常提及的，「時人只識雲生處」、「來時自有白雲封」、「便踏孤雲上碧峰」、「但隨雲水伴明月」、「竹戶閒棲一片雲」、「白雲為伴水為朋」、「白雲縱聽飛來去」、「堪笑白雲無定止」，共用了八次雲，每次都面貌變化。至於風，「禪衣百結任風吹」、「人生在世急如風」、「被他風吹出山前」，共用了三次風。其他複見的字眼，除禪僧鉢衲等釋家專用語外，可能以「松」字最多，「閒來石上臥長松」、「世人若問枯松樹」、「數樹松花食有餘」、「不見松蘿巖下僧」、「為憶松蘿對月宮」、「近對青松遠對山」、

「手把松枝叩月明」、「夜深無處拾松枝」、「豈是栽松待茯苓」，共用了八次松，其他則「山」、「石」字眼也不少，大概雲風松石，正描繪出翠微山居的風景線吧？

詩歌對仗的美

單音節的中國文字，提供了對仗方面有利的條件，所以在早期的經書裏，就出現了「雲從龍，風從虎」、「滿招損，謙受益」的型式，到了後代，對仗駢儷，成為中國文學中絕美的修辭方法，在律詩形成以後，中間的聯語，更是以對仗精工作為決勝爭雄的法寶了。

詩歌對聯的基本元素有三項：

㈠是平仄相對，平聲對以仄聲，仄聲對以平聲。如「日月」都是仄聲，可用「山河」都是平聲相對。「開花」都是平聲，可用「動竹」都是仄聲相對。

在中國語言中，已經有許多前人用「平平仄仄」或「仄仄平平」配置妥當的成語，四字中也兩兩相對，如「青山綠水」、「紅花綠葉」、「紅桃綠柳」、「紅男綠女」、「千秋萬世」乃至如「雞飛狗跳」、「人亡政息」……都是調好了平仄的對仗。

當然，平仄的相對有時候不一定如此刻板，「升堂」對「入室」平平對仄仄，但「三秋」也可以對「千里」，平平卻對「平仄」，那是只以下字為主，秋平對里仄，上字在某些時候是可以不論的，同樣「雨容」也可以對「月影」，仄仄也可以去對「仄平」，也是只論下字而已。

「搖竹影」是平仄仄，就對「送荷香」仄平平。「千枝翠」是平平仄，就對「萬朵紅」仄仄平。

至於四言的對仗，像「人耕綠野」對「犬吠花村」這樣平平仄仄對仄仄平平，是標準式。一般則以第二第四字為準，上句二平四仄，則對句二仄四平，如「一簾紅雨」對「千樹綠雲」；上句二仄四平，則對句二平四仄，如「疏雨蕭蕭」對「餘香細細」。五言七言的對聯，平仄格式與近體詩相同，列後再談。

㈡是詞性相對，名詞對名詞，虛字對虛字，數字對數字，色彩對色彩，動詞對動詞，形容詞對形容詞。

如「黃槐」對「綠柳」，色彩對色彩，名詞對名詞。「蕭蕭」對「赫赫」，形容詞對形容詞。「君子」對「聖人」，名詞對名詞。「百里」對「四時」，數字對數字。

「一篙寒水」對「幾葉扁舟」每個字的詞性都得對準，「歸雲入嶺」對「殘滴懸枝」，動詞對動詞，名詞對名詞。

㈢是結構相對，句型中有許多字面配置的型式，結構型式相對，必須一致。

如「紅蓼晚」對「白蘋秋」，「紅蓼——晚」是上二下一的配置，白蘋秋亦然。如果對「燕迎秋」非僅詞性不合，句型亦不合，如果對「冷花朝」，則「花朝」是一個時令，變成上一下二的配置，詞性雖合，結構上仍嫌不合。

至於五言七言的句型，五字句以上二下三為多，七字句以上四下三為多。當然五字句也有上三下二的，如「庾公樓悵望」，那麼對句「巴子國生涯」也必須上三下二。五字句更有上一下四的，如「藏千尋布水」，那麼對句「出十八高僧」也必須上一下四。又如「看一分明月」是上一下四，那麼「登千尺小樓」也必須上一下四。七字句如寫成上三下四，如「三千客自知羅隱」，那麼對句「四十州空問貫休」也須上三下四；又如「出山雲各行其志」，那麼對句「近水梅先得我心」也必須上三下四。七字句如寫成上六下一，如「客從謝事歸時散」，那麼對句「詩到無人愛處工」也必須上六下一。

對仗先須做好平仄、詞性、結構三方面的勻稱，再細分聲韻、詞類、句式等，古人有所謂八對之說：

(一)的名對：送酒東南去，迎琴西北來。
(二)異類對：風織池邊樹，蟲穿草上文。
(三)雙聲對：秋露香佳菊，春花馥麗蘭。
(四)疊韻對：放蕩千般意，遷延一介心。

㈤聯綿對：漠漠帆來重，冥冥鳥去遲。

㈥雙擬對：議月眉欺月，論花頰勝花。

㈦迴文對：情新因意得，意得逐情新。

㈧隔句對：相思復相憶，夜夜淚沾衣。空歎復空泣，朝朝君未歸。

這些名稱後人看來有些含混，聯綿對大概是指疊字，「漠漠」「冥冥」相疊，所以「殘河河若帶，新月月如眉」勉強也叫聯綿對（其實是重出字）。雙擬對則是指「重出字」，不一定相疊在一塊，如「可聞不可見，能重復能輕」重出兩個「可」字與重出兩個「能」字相對。所以「雙擬對」顯然就是「巧變對」，「鳥去鳥來山色裏，人歌人哭水聲中」，「有時三點二點雨，到處十枝五枝花」，這些杜牧、李山甫喜用的對仗法，變成晚唐句法的特色了。「日歸日歸愁歲暮，其雨其雨怨朝陽」、「今歲今宵盡，明年明日催」、「但將茶味融詩味，遙辨松聲雜海聲」、「人間後事悲前事，鏡裏今年老去年」等都是雙擬的巧變對。至於「隔句對」，又叫「扇對」，四句中，一三句相對，二四句相對。

一 巧變對

以上八種對仗，後代遞有發展，雙擬的巧變對，佳句甚多，隨手再摘些例子：

三冬月色三更淡，一往詩情一夜深。（清・多隆阿〈寒夜偶成詩〉，見《慧珠閣詩鈔》）

鏡中妾面羞郎面，塑後卿泥有我泥。（清・樊增祥〈再贈一首詩〉，見《樊山集》）

不由天地不由我，無盡煙花無盡杯。（明・羅一峰〈棄官歸作詩〉，見劉仕義《新知錄摘鈔》引）

便從詩味尋香味，聊把情禪當道禪。（清・沈鑊〈艷秋詞〉，見沈濤《交翠軒筆記》引）

天若有情天亦老，月如無恨月長圓。（明・孫蕡的集句聯，見明・黃瑜《雙槐歲鈔》引）

邀月恰邀邀月客，看燈兼看看燈人。（清・趙翼〈上元夕毘陵驛前泊舟詩〉，見《甌北選集》）

然而雙擬的巧變對，一詩之中，偶用一聯，則光采灼爍，用了兩聯，就覺得有點炫耀賣弄，如果句句用雙擬巧變，就像畫梅花一樹，忘了疏密相映，而枝枝開花，可能因太多而庸俗了。如明代的吳夢暘所寫的〈偶效香山體詩〉：

半遇春光半廢身，一枝花老一枝新，陰天月是晴天月，今日人無昨日人。死可了時生可了，夢非真際醒非真。笑我長齋十五載，事事相親佛不親。

只剩第七句不重出，第一句重出「半」字，第二句重出「一枝」字，雖不用對仗，也屬巧句。三四一聯以重出「天月」對重出「日人」，五六一聯以重出「可了」對重出「非真」，第八句也重出「親」字，即使詩中的涵意還不錯，仍顯得故意雕琢。

二　迴文對

至於迴文句法，只求重要字詞的往復迴環，不須字字精準，亦常有出人意外的效果，佳句如：

東君負我春三月，我負東風三月春。（朱淑真的〈問春詩〉）

字詞迴環，不必字字倒轉，也可以看作是一種迴文對。

杜老見花即欲死，憐予欲死是何花？（明・宮永建的恨詩，見〈讀文介公詩〉）

欲死與花迴環成趣，不過下句的花是指眼中眩生的花。

芙蓉花死為秋風，秋風不解芙蓉死。（明・莫叔明詩，見明・姚淛編《延賞編》引）

古詩常用迴文句法，平仄不同於近體詩。

只見船泊岸，不見岸泊船。（某題壁詩，見清・李伯元《南亭四話》引為女鬼詩）

類似諺語，平仄不同於近體詩。

後來發展成字字迴倒的對聯或全詩，就成為文字的遊戲，無關乎性靈的抒發，只剩好奇與巧思罷了。

迴文的聯語如明人張鳳翼寫的：牆矮出桃紅灼灼，浦深垂柳綠依依。倒讀成為：依依綠柳垂深浦，灼灼紅桃出矮牆。又：輕煙淡鎖深塘柳，濕露濃封密砌苔。倒讀成為：苔砌密封濃露濕，柳塘深鎖淡煙輕（見《句注山房集》）。

七律的迴文更難作，明人程有學寫道：

芳年感目滿孤幃，色轉晴光日影微。荒岸草多風滾滾，野亭池漲霧霏霏。香花落早春當檻，好鳥啼閒晝掩扉。長夢有人睽道路，傷心遠跡雁先歸。（〈春日懷約詩〉，見《狎吹堂穢語》）

從最末一字往前讀，字字迴倒，成了：歸先雁跡遠心傷，路道睽人有夢長，扉掩晝閒啼鳥好，檻當春早落花香，霏霏霧漲池亭野，滾滾風多草岸荒。微影日光晴轉色，幃孤滿目感年芳。

迴文七律同樣也押韻，講平仄，中間的聯語就是迴文對。

三　自身對

本句中自身詞性相對，所以又叫做「句中對」，皎然《詩式》稱為「牙成對」，《文鏡祕府論》稱為「互成對」。

歲時傷道路，親友在東西。

道與路對，東與西對。然後以「道路」對「東西」。

江流天地外，山色有無中。

天與地對，有與無對。然後以「天地」對「有無」。

落花啼鳥怡天性，流水行雲寄世情。

落花自對啼鳥，流水自對行雲，幸好怡天性指自己，寄世情指別人，有人我的差別，不然意思太接近，就嫌合掌。

畫淡詩濃香漠漠，酒醒花睡雨疏疏。

畫淡自對詩濃，酒醒自對花睡。漠漠對疏疏，即前述的聯綿對。

一見便持肝膽贈，他鄉真作兄弟看。

肝自對膽，兄自對弟。一見表時間，他鄉表空間，時空相對就不重複。

論事真無人我見，談山妙在抑揚中。

人我本不能對抑揚，但人自對我，抑自對揚。上句論事，下句談山，事與景對，尤好。

萬里書來兒女瘦，十月山行冰雪深。

兒女本不能對冰雪，但兒自對女，冰自對雪。且上句萬里談空間，下句十月談時間，時空交綜相對，遂成黃庭堅的名句。

心光眼界千秋上，古誼深情一往中。（清・張春水詩，見《梵麓山房筆記》引）

心光自對眼界，古誼自對深情。

用孝成忠家國恨，入山出世佛仙心。（清・毛叔美詩，見《梵麓山房筆記》引）

用孝自對成忠，入山自對出世。

四 流水對

句子採對仗的方式，意義卻一線下遞，如：

山中一夜雨，樹杪百重泉。（唐・王維〈送梓州李使君詩〉，見《王右丞集》）

平生黃卷能忘味，晚歲青山未厭看。（宋・虞儔〈有懷廣文俞同年詩〉，見《尊白堂集》）

已甘身向山中老，安得名留海內香。（宋・葛起耕〈覽鏡詩〉，見《古詩紀》引）

長恨老來方學易，自從春去不吟詩。（宋・朱繼芳〈書窗夏日詩〉，見《古詩紀》引）

此日未逃衰俗口，幾時真及古人肩。（忘卻出處，可能是元人吳澄詩）

拾得紅爐一點雪，卻是黃河六月冰。（楚石禪師〈梵琦偈〉，見《海鹽樊志詩鈔》引）

當面不交語，一言那結歡？（明・劉繪〈感述詩〉，見明・趙彥復編《梁園風雅》引）

未出土時先有節，到凌雲日亦無心。（清・益陽賈某〈詠筍詩〉，見《達觀堂詩話》引）

生前枉自呼英物，死後誰來歎可人。（清・俞潤花〈詠古桓溫詩〉，見《不敢居詩話》引）

> 畢竟家何處?而云北是歸!(清・李鍇〈聞歸雁詩〉,見《清詩別裁》引)
>
> 春水剛三月,楊花又一生。(清人〈詠萍〉,見《不敢居詩話》引)

五　蹉對

句詞參差相對,所以又名「參差對」,這是在「常」中求「變」的方法,有時也是為了「不以辭害意」的補救措施。如:

> 裙拖六幅湘江水,鬢聳巫山一段雲。

「六幅」應該對「一段」,「湘江」應該對「巫山」,參差一下,平仄才協合。

> 春殘葉密花枝少,睡起茶多酒盞疏。

「密」應該對「疏」,「少」才應該對「多」。

> 舳艫爭利涉,來往接風潮。

「風潮」才與「舳艫」相對。

至於王介甫〈酬朱昌叔詩〉的前四句:去年音問隔淮州,百謫難知亦我憂,前日杯盤共江渚,一歡相屬豈人謀。李壁的注文也認為是「蹉對」,其實一句對三句,二句對四句,應該是「隔句對」。

六　借音對

字面不相對，但同音的另一個字，卻是相對的，就借這同音的字來對仗。如：

廚人具雞黍，稚子摘楊梅。

雞黍是二種東西，楊梅是一種水果，本不能相對。但「楊」「羊」同音，借為「羊」來對「雞」。

卷簾黃葉落，開戶子規啼。

「子」字借音「紫」以便與「黃」對仗。

因尋樵子徑，得到葛洪家。

「子」字借音「紫」、「洪」字借音「紅」，紫與紅對仗。

眼穿長訝雙魚斷，耳熱何辭數爵頻。

「爵」古文同「雀」，借其「雀」音與「魚」相對仗。

住山今十載，明日又遷居。

《鏡花緣》第九〇回中舉此為例，「遷」字借音為「千」來對「十」字。

沙蟲迷白日，陵谷徙洪濤。

沈用濟的〈潼關詩〉，「洪」字借音「紅」來與「白」對仗。

七　假對

字面雖相對，但字詞的本身原來是另一個意義，本不相對，借假作真，叫做「假對」。

竹葉於今既無分，菊花從此不須開！

「竹葉」與「菊花」字面是相對的，但「竹葉」是竹葉酒的簡稱，是酒名，並不能與「菊花」相對仗。

此日六軍同駐馬，當時七夕笑牽牛。

「牽牛」與「駐馬」字面是相對的，但「牽牛」是牽牛星座的簡稱，是星名，並不能與「駐馬」相對仗。

新添水檻供垂釣，故著浮槎晉入舟。

「故」在本句中原不是「舊」的意思，假裝作「舊」來與「新」相對。

楊柳已無青眼盼，功名俱逐絳雲飛。

「絳雲」與「青眼」字面是相對的，但「絳雲」是藏書失火的絳雲樓的簡稱，是樓名，並不能與「青眼」相對仗。但這種假對，由於絳雲樓是錢謙益藏書處，而青眼眷顧的楊柳，是錢謙益與柳如是的青眼相看，同屬一個人，就特別顯得巧心濬發。

西子湖邊淒夜雨，東坡詩內哭朝雲。

輓某人的妾，借用東坡的侍妾朝雲為比喻，所以朝雲是人名，假裝為早晨的雲來與「夜雨」相對。西子湖是地名，但西子又是人名，所以和東坡詩相對。

> 只有交情如水淡，更無才子不風流。

水淡與風流對得很工整，但風不是真的風。這是阮何親的〈七夕詩〉，見《石友山房詩集》。

當然，在唐代對仗的名目早已不止是六對八對了，據《遍照金剛文鏡祕府論》的收集，共有二十九種，分得很細，有些過分講究了，況且作詩時也不常用，暫且不去細論。

對仗是中國方塊文字特有的修辭法，如何積極地達到對仗的修辭效果，加強美的感染力？我在〈中國詩學鑑賞篇〉中有〈對比的美〉一節，曾舉列鉅細對比、正反對比、虛實對比的原則，現另舉一些例子，以為說明：

> 五更醉夢香封屋，千里懷人月在峰。

這是黃宗羲的〈梅花詩〉，上句所寫不大，下句所寫極大，是以鉅細為對比。

> 垂名千古易，無愧寸心難。

這是陸游的詩，上句長遠，下句精小，一易一難，長遠反而易，精小反而難，在鉅細對比中又含正反對比。

> 未死秋心應更苦，再來春色不堪青。（清・金和的〈冬柳詩〉，見《秋蟪吟館詩鈔》）

「應更」從正面寫，「不堪」從反面寫。

朋友誰無生死問？朝廷今作是非看。（清・朱玫的〈言懷詩〉，見《梅村詩話》引）

上句「誰無」從反面著筆，下句「今作」從正面著筆。

清名即是長生訣，當世應無未見書。（清・阮元〈贈鮑廷博詩〉，見《定香亭筆談》引）

「即是」從正面寫，「應無」從反面寫。其實寓意均是正面的，但若用二句正面為聯，就刻板不生動。

默共百蟲卷舌坐，峭疑萬壁置身吹。（明末李鄴嗣〈寒夜詩〉，見《杲堂文集》）

上句默坐是實景實寫，下句峭壁全屬想像虛寫，是以虛實為對比，其中含著動靜與大小的對比，所以特別動人。

鸞鳳幾曾棲枳棘？鴟梟多是占梧桐！（元・釋善住〈月夜詩〉四首之四，見《谷響集》）

上句虛擬，下句實評，也是虛實對比。

鉅細與正反的相對，其實也可以看作一虛一實的對仗。推而廣之，如有與無對、人與我對、時與空對、情與景對、事與景對，也可以看作一虛一實的對比，虛實對比實在是對仗美的靈魂。

八　有與無相對

白髮來無限，青山去有期。（唐・白居易〈詔授同州刺史病不赴任詩〉）

舊交無一在，逸事有誰傳？（清・周馥詩，見《周愨慎公全集》）

鶯花有恨偏供我，桃李無言衹惱人。（朱淑真〈問春詩〉，見《斷腸詞》）

有無相對又兼人我相對。

共我有情雲淡淡，誤人無睡月彎彎。（孫胤〈伽閒居詩〉，見馮舒編《懷舊集》引）

有無相對也兼人我相對。

酒杯有限愁難遣，詩句無窮花旋開。（金・王寂〈散策詩〉，見《拙軒集》）

看山看水真有味，學書學劍恨無成。（元・黃庚詩，見《月屋漫稿》）

南山有霧空藏豹，北海無雲可化鵬。（宋・陳允平〈下第懷樓壽詩〉，見《西麓詩稿》）

三峰有意當窗見，一水無聲繞檻流。（明・王鏊〈寄費宏宰相家居至樂樓詩〉）

韓歐以後無同輩，老病之餘有寸心。（清・陳浩懷〈友方望溪先生詩〉，見《生香書屋文集》）

有無相對又兼自身對，韓與歐對，老與病對。

無節不從客裏過，有家喜從夢中回。（清・夏家鏞〈蕪城寓次書壁〉，見《浮漚集》）

以閒當貴因無事，遇境能安覺有情。（清・馬曰璐〈閒中自述詩〉，見《南齋集》）

天無雨雪梅花早，地有波濤雁影深。（宋・趙師秀〈姑蘇臺作詩〉，見《清苑齋集》）

一世已無將母計，九原猶有憶兒心。（清・朱酉生詩，見《梵麓山房筆記》引）

我無送母之計，母有憶兒之心，有無相對之外，更有人我相對、時空相對、虛實相對於其中。

身無媚骨難諧俗，胸有奇愁不問天。（清・程綺堂詩，見《梵麓山房筆記》引）

有無雖相對，但身胸二事很接近，若一句換作景物，就會有意外的效果。

浮世自無閒日月，高樓長有好山川。（五代・陳拙登〈臨湟樓詩〉，見黃子高《粵詩蒐逸》引）

春如短夢花無語，潮湧寒光月有聲。（清・張問陶〈醉後登李氏寓樓望月詩〉，見《船山詩鈔》）

文章自古無青眼，卿相何人有赤心。（清・金利用〈失意詩〉，見《斗南山人詩集》）

總無才調供時用，惟有心期對古人。（清・齊召南〈石帆贈章再疊前韻詩〉，見《賜硯堂詩稿》）

如果上下聯都寫有，或上下聯都寫無，缺少虛實的對比，就不易有摩盪相生的情態，例如：

詩有性情心自古，語多諷刺興方濃。（清・龍雨樵〈贈舒鐵雲〉句，見《梵麓山房筆記》引）

一稱有，一稱多，只有實而無虛，就少抑揚的情趣。

影涵水月不受彩，氣傲冰霜何待春。（宋・潘良貴〈梅花詩〉，見《默成文集》）

不受對何待，都是虛無，都是反面著筆，也少抑揚的姿勢。

九　人與我相對

一身初屬我，萬事欲輸人。（明・王元美〈亂後入吳舍弟小酌詩〉）

看人兒女大，為客歲年長。（袁景文〈客中除夕詩〉）

看他人兒女長大，感自身作客年久，不曾寫出我字，仍為人我相對。

半簾梅影無君瘦，千古情人是我癡。（莊芑燕錄扶鸞何淡玉詩）

心跡對君無曖昧，世情惟爾不炎涼。（清・甘汝來〈寒燈詩〉，見《甘莊恪公全集》）

「對君」的人就是我，也算人我相對。可惜下面是「無」對「不」，均屬反面，若作一正一反相對，更有意趣。

鬢絲似我追今昔，山色如君忘主賓。（清・厲鶚〈九月一日游天龍寺詩〉，見《樊榭山房全集》）

江上白鷗閒似我，籬邊黃菊淡於人。（清・朱一蜚〈重陽詩〉，見《浣桐詩鈔》）

學姜白石詩：「水邊白鳥閒於我，窗外梅花疑是君。」

對君原是我，知爾閱多人。（清・席韵芬〈古鏡詩〉，見《隨園女弟子集》）

久已世人皆欲殺，竟能容我醒而狂。（清・羅惇曧〈伯薌自黔馳書詩〉，見《癭庵詩集》）

這聯是起首兩句，以皆對醒，不全精準，但人我相對，別有狂態。

隔世定知猶我戀，此生祇覺負卿多。（清・王汝玉〈悼亡詩〉）

你猶戀著我，我覺負你多，輓聯悼亡每以人我相對特別動人。

多愁卿自難長命，輕別儂真悔寡恩。（《梵麓山房筆記》引《釣魚篷山館集》中〈悼往詩〉）

卿儂相對，亦即人我相對。

滿目雲山留我好，一樓風雨見君難。（元・釋善住〈春日至錢塘阻雨寄山村先生詩〉，見《谷響集》）

天涯知己如君少，江上愁心為我生。（清・阮何親詩，見《石友山房詩集》）

詩有未經人道趣，事無皆遂我心歡。（清・金應澍〈郵寄湝生詩〉，見《自娛詩草》）

同學少年餘我在，孤神獨逸似君稀。（清・毛昌傑〈挽沈幼如詩〉，見《君子館類稿》）

命原在我無庸怨，量果容人必不狂。（清・朱玉汝〈自遣詩〉，見清・丁晏編《山陽詩徵》引）

花如我瘦經霜慣，雲比人忙出岫多。（清・張玉城題壁詩，見《山陽詩徵》引）

如果上下聯都寫我，或上下聯都寫人，缺乏對映生趣的往復性，意趣便少些。像宋潘良貴的〈梅花詩〉：

冷淡自能驅俗客，風騷端合付幽人。

若以梅花為我，則「俗客」、「幽人」都指別人。若以幽人指自己的我，則又嫌自誇。

一〇　時與空相對

春風桃李一場夢，夜月江山千古情。（元・吳龍翰〈行春詩〉，見《古梅吟稿》）

幾重山隔幾重水，一日身閒一日仙。（宋・李昴英〈白雲登閣詩〉，見《文溪集》）

好景行當春二月，遠山看到第三層。（清・阮元〈春日灊園即事〉，見《研經室詩錄》）

千里相期終誤約，一宵入夢始關情。（明・王褘〈至潮州夢陳敬初詩〉，見《王忠文公集》）

三山一夜雨，四月滿城秋。（元・薩天錫〈閩中苦雨詩〉）

萬里因循成久客，一年容易又秋風。（宋・陸游〈宴西樓詩〉）

二月春風添樹色，一山夜雨失泉聲。（宋末趙師秀〈和人韻贈北山僧詩〉）

十萬鶯花如夢過，一天雲雨至今疑。（清·夏仁虎〈和賀履之韻〉，見《嘯盦詩存》）

上句偏重空間，下句偏重時間。

三春杏色分吳越，十里荷香媿晉唐。（清·董漢策〈西湖雜感詩〉，見《榴龕居士集》）

共向青天爭百尺，各留明月照千年。（明·王思任〈靈谷松詩〉，見《避園擬存詩集》）

十年弓劍為誰苦？萬里山河不自由。（宋·僧文彧〈題項羽廟詩〉，見《宋詩紀事》卷九十一引）

十載煙霞容我懶，一園花鳥笑人癡。（清·韓奕〈山居詩〉，見清·桂中行編《徐州詩徵》引）

十年湖海愁將老，萬里烽煙喜漸開。（清·汪琬〈送客遊楚詩〉，見《天下名家詩觀初集》引）

七月秋風驕蟋蟀，九邊雲物暗牛羊。（清·計東〈七月望後宣府偶成詩〉，見《天下名家詩觀》初集引）

四壁圖書生葬我，千秋孤寄冷看人。（清·秦樹聲〈杜門讀書自題楹聯〉，見《四朝佚聞》引）

時空對又兼人我對。

如果上下兩句都寫時間或空間，虛實的對比性就弱，文情的動盪性就降低，例如：

> 一夜胡笳雙鬢雪，十年烽火寸心丹。（清・辛丑年〈黄斗南謫戍還詩〉，見《寒螿詩稿存》）

上下兩句都是時間，如改一夜為一塞，或滿塞，成時空相對或許更好。

> 十年夢懶惟聽雨，三月春貧不見花。（清・劉芳猷〈述愁詩〉，見《天下名家詩觀》初集引）

上下兩句都是時間，如改十年為他鄉，或多方，成時空相對或許更好。

> 如夢如煙三月雨，非花非霧一生愁。（清・夏仁虎〈春草詩〉，見《嘯盦詩存》）

這聯已經是情景相對，如上下聯還能時空相對，或許更佳。

如果上下兩句都寫空間，往往成為以景對景，缺少時間與情感，只能像畫，不易有畫外的情趣，例如：

> 垂楊自織煙外綠，好鳥靜啄花間紅。（清・查禮〈題王履仁嬉春圖〉，見《銅鼓書堂遺稿》）

完全在有形的物象上描摹，不易靈巧生色。

一一　情與景相對

老形已具臂膝痛，春事無多櫻筍來。（宋・陳后山〈次韻春懷詩〉）

方回在《瀛奎律髓》中批評說：「老形已具臂膝痛，身欲老也。春事無多櫻筍來，春欲盡也。前輩詩中，千百人無后山此二句，以一句情對一句景，輕重彼我、沉著深鬱中有無窮之味。」臂膝對櫻筍是自身相對。

官裏簿書無日了，樓頭風雨見秋來。（宋・陳與義〈對酒詩〉）

方回批評說：「此詩聯用變體，以一句說情，一句說景，奇矣。」以上方氏評的兩首詩，我將它們稱為「事景相對」的，情與事很難分，大抵抽象的心態是情，具體落實的是事。簿書對風雨，也是自身相對。

自嗟客世無虛日，卻被斜陽占盡山。（王令〈登瓜州迎波亭詩〉）

這才是標準虛實相倚的情對景。

兩都秋色皆喬木，一代名家不數人。（金・元遺山詩）

能妄枘鑿方圓異，許接風雲變化新。（宋・李之儀〈次韻君俞簡少孫詩〉，見《姑溪居士全集》）

螳背硬支車轍重，鵬程悵望海天高。（清・甘汝來〈途中帖詩〉，見《甘莊恪公全集》）

螳背與前聯的枘鑿都是心情的比擬，不算具體的事。

秋山到晚露全骨，涼月伴人成苦吟。（清・符藥林佳句，見《梵麓山房筆記》引）

看殘愁外千山色，抽盡春前一寸心。（清・王文治〈秋草詩〉，見《夢樓選集》）

接天草色日將夕，滿路鶯啼人未歸。（清・王文治〈上巳日修禊詩〉，見《夢樓選集》）

憔悴那堪如此樹，風流全不是當年。（清・汪瓚〈秋柳詩〉，見《蓉湖詩草》）

半生虧處多於月，一片孤懷冷似秋。（清・吳之榕〈中秋詩〉，見吳玉搢編《山陽耆舊集》引）

看竹能留客，無言是我師。（清・周拱辰〈過靈水園詩〉，見《聖雨齋詩文集》）

亦知歲晚同心少，且喜樓空得月多。（清・楊淮〈山齋雜詠詩〉，見清・桂中行編《徐州詩徵》引）

青山對我惟魚鳥，白眼憑人喚馬牛。（清・張仁桀〈丁未歲作詩〉，見《徐州詩徵》引）

上句景對下句情，又兼人我相對。

一竿獨釣江心月，兩眼閒看世上人。（明・宋漢〈釣臺詩〉，見明・龔弘編《釣臺集》引）

如果上下兩聯都是情，或都是景，就太流滑或太板重，不容易產生虛實相倚的趣味，例如：

人生難得閒中老，世味端宜好處休。（清・陳浩〈送楊大宇南歸詩〉）

如果其中一句改為風景，就比兩句都是情生動。

新秧嫩似春前草，遠水青於雨後天。（清・王文治〈農家詩〉，見《夢樓選集》）

以草比秧，以天比水，比得太近，且兩句都是景，若能改一句為抒情，就生動。

一二　事與景相對

遠途日暮休回首，近事風傳只皺眉。（宋・虞儔有〈懷廣文俞同年詩〉，見《尊白堂集》）

老來詩筆如神助，春去花枝似鬼偷。（元・侯克中〈晚春詩〉，見《艮齋詩集》）

萬葉千枝渾是舊，一知半解浪言新。（明・楊東明〈和友人韻〉，見《山居功課》）

有時俗事不稱意，無限好山都上心。（俞秀老詩，見《不敢居詩話》引）

古人說這種對仗是「自然妙句，不可湊泊」。

子弟漸親知老至，江山無故覺情生。（明・鍾伯敬詩，見《隱秀軒詩集》）

黃卷清琴總為累，落花流水共添悲。（唐・李嘉裕〈聞逝者自驚詩〉，見《全唐詩》）

問事車停三徑外，著書人在百花中。（清・汪瓊〈灌花和味堂先生韻〉，見《蓉湖詩鈔》）

貧家無易事，秋日是愁天。（清・高其倬〈寄內詩〉，見味和堂詩）

病裏一杯真夢寐，眼前萬里即風煙。（明・王承父詩，見顧養謙〈序王子幻後吳越游詩〉引）

片紙成春夢，千峰赴草堂。（明・王承父詩，同右）

一杯美酒情初放，十里青山興尚馳。（清・汪璸〈贈朱潛庵詩〉，見《秋影樓詩集》）

「情初放」、「興尚馳」對仗得太近，能寬遠一些出人意外，更好。且下三字落入了以情對情，太稚嫩。

萬卷秋燈成晚業，十年春雨種名花。（清時韓國金命玹漫吟詩，見《風謠三選》引）

如果景與景對，或事與事對，上下兩句常因句意較近，不易有嶄新可喜的效果。例如：

一線柔香初見影，幾茸嫩綠遠成痕。（清・莊蓮佩〈詠草詩〉，見《閨閣詩人徵略》引）

兩句都寫草景，不如明人謝榛的〈除夕示兒詩〉：「異鄉垂老計，春草隔年心。」以春草的景去對異鄉的事，寬泛的遠對較富有想像的空間。

身因落魄遊於酒，心為窮愁著就書。（明・葉之芳〈贈黃六清甫詩〉，見《春江篇》）

喝酒的事對仗著書的事，如果改一句為景，就有天外飛來的妙筆。

布衣傲世千秋業，名士收場一卷詩。（清・程步榮〈懷同社友詩〉，見清・王錫祺編《山陽續詩徵》引）

「名士收場一卷詩」是雋句，吟詩的事去對仗千秋事業就不易出人意表，如果上句為景，將何等精采？趙雲松〈和錢嶼沙詩〉云：「前程雲海雙蓬鬢，末路英雄一卷書。」見《不敢居詩話》引。較程作為勝。

一三　對仗的十種弊病

對仗在積極修辭方面，已如上述，凡能注意時空虛實，常能鍛鍊成佳句巧對。在消極修辭方面，李漁叔先生曾談及五點，即「輕重相失」、「畸形不整」、「左右相撞」、「屬人屬物」、「聯上聯下」五點，都是對仗的缺失，李先生曾說杜甫的詩作絕少犯這五種弊病。

㈠輕重相失：其實這是指詞性屬對時稍有偏差，又叫做「差半字」。如：

得錢入市先沽酒，移榻當門好看山。

李先生認為「移」為動詞，用「得」字來對，其中輕重相失，改「得」為「儲」，輕重才平衡。

少年辛苦真食蓼，老景向閒如啖蔗。

以「向」對「辛」差半字，後改為「清」，清閒對辛苦。

夜琴知欲雨，晚簟覺新秋。

「新秋」與「欲雨」相對，差半字，改為「晚簟恰宜秋」，以宜對欲。

㈡畸形不整：四個名詞中，有三個大小巨細質量相當，另一個不相稱則成畸形不整，俗稱為「三腳貓」。如：

去棹如飛移岸走，好山無數渡江來。

「岸」、「山」、「江」成三腳，「棹」則巨細質量不相稱。

㈢左右相撞：該相對的字失去了應有的位置，不該又出現在別處，招致左右相撞。如：

頗疑風露窗前立，最愛湖山雪後看。

「雪」是「風」的好對象，既以「湖山」對了「風露」，不要再出現「雪」字去對「窗」。風露與雪是相撞的。

㈣屬人屬物：聯語中的主詞如果省略，則上聯屬於人而有我，下聯屬於物而無我，這樣很可能犯了屬人對屬物的毛病。如：

開遍山花春欲老，坐殘牆月夜將闌。

李先生認為下聯「坐殘牆月」的是我，因而有我；上聯「開遍山花」的不是我，因而無我。如改「開遍」為「看遍」也屬有我，因而相對工整。

微徑得從新鹿跡，寒林失卻舊鶯聲。

「得從」是「我得從」，而「失卻」乃是寒林失卻，並沒有我。如改「失卻」為「不見」之類，方不致一句屬人一句屬物。

塵黯素書還自讀，月明烏鵲更何依。

這王湘綺的句子，讀書是屬人，無依乃是屬物。

㈤聯上聯下：一聯中三四兩字，上聯三四字聯於一二字，下聯三四字聯於五六七字，則犯聯上聯下的弊病。如：

樓臺飛舞祥煙外，鼓吹喧呼明月中。

李先生認為樓臺不能飛舞，祥煙在飛舞，因此上聯「飛舞」二字，聯於五六七字。而下聯「喧呼」卻聯於「鼓吹」，並不聯於五六七字。

一燎萬家同爐後，半昏群岫獨歸時。

「萬家」聯於「同爐」，而「群岫」不能聯於「獨歸時」。

除了李漁叔先生所提示的五點外，對仗時另有五點也應注意避免，即重複合掌、典實不稱、事理失正、比擬詭誕、拼湊成對。前人大家的作品，偶爾也犯這些毛病，如：

㈥重複合掌：一聯二句，涵意重複，上句用了青梅，下句再用竹馬，上句用了從賢，下句再用入聖。古人稱為「合掌」。

風塵催白首，歲月損紅顏。

損紅顏即是催白首。

城上風威冷，江中水氣寒。

寒冷合掌。

蠶屋朝寒閉，田家晝雨開。

朝晝合掌。

魚戲新荷動，鳥散餘花落。

唐以前句不是近體平仄。荷花合掌。

蟬噪林愈靜，鳥鳴山更幽。

唐以前句不是近體平仄。噪鳴合掌。

宣尼悲獲麟，西狩泣孔丘。

唐以前句不是近體平仄。宣尼即孔丘。

雖好相如達，不同長卿慢。

相如即長卿。

花徑不曾緣客掃，蓬門今始為君開。

君即客之一。

茫茫天地雙芒屨，莽莽乾坤一草亭。

這是康有為的詩，用了茫茫天地，不應再用莽莽乾坤。

天機不滯思皆活，世味全忘句自奇。

這是張玉綸《夢月軒詩鈔》中的句子，思皆活、句自奇，意太接近。

落筆恥居唐宋下，立言常笑老莊非。

仍是張玉綸的詩，落筆與立言合掌。

百年事業風盤鶻，一代才華浪跋鯨。

仍是張玉綸的詩，風盤鶻與浪跋鯨意思相近。

(七)典實不稱：一聯二句，一句有出典來歷，一句無出典來歷，則形成一句重一句輕。

意恐遲歸縫密密，人因久別記茫茫。

上句出孟郊詩，下句不見名人句，上句有出典，下句也要有出典，才平衡。

好馬不吃回頭草，宮鶯銜出上陽花。

上句用俗語，下句用唐人詩，雖然工巧，但明顯地感受典實不勻稱。

又要馬兒不吃草，始知秦女善吹簫。

上句用俗語，下句用唐人詩，輕重不勻稱。俗語如對以俗語，如「百貨中百客，一馬配一鞍」、

「棋輸木頭在，腳瘦草鞋寬」、「雨落天留客，時衰鬼弄人」、「風吹鴨蛋殼，狗咬被衣裳」就很勻稱。

(八)事理失正：有時只求屬對的工整，卻忘了事理的正道，以致以辭害意。

葉垂千口劍，幹聳萬條槍。

這是王祈的〈竹詩〉，蘇東坡批評說：「好則極好，則是十條竹竿，一個葉兒也。」顯然事理不合。

(九)比擬詭誕：比擬得過分偏僻怪誕，不容易產生聯想，形成意象。

凍合玉樓寒起粟，光搖銀海眩生花。

這是〈雪夜書北臺壁詩〉，玉樓是肩膀，銀海是眼睛。

(一〇)拼湊成對：對仗為了求工整，字詞的聯接有杜撰拼湊的痕跡，就不自然。

江天漠漠鳥飛去，風雨時時龍一吟。

「龍」為什麼「一吟」？並無出典或說明，只是拼湊成對而已。

上述對仗的缺失中，「合掌」就是兩句的意思太近，而前述對仗的積極修辭中，無論是正反相對、時空相對、情景相對等等，目的都在使兩句意思拉遠，形成張力，因此，意外的寬對，常被視作對聯中的聖品與作者工力深淺的標示，工力淺的，對來對去都在類似的事物情狀中打轉，工力深厚，才能翹首雲端，天外飛來。因此，對仗雖是文字修飾中的小環節，卻是學力才思綜合表現的總測驗呢！

附錄

《愛盧小品》引用詩句考

《愛盧小品》，以古典書冊為源頭活水，而古典詩篇的精深妙句，言簡意賅，常被採擷入文，有時引以強化語意，有時引以佐證古今，有時引以節縮繁文，有時引以添加雅思。所引詩句來歷頗為龐雜，而小品文章，行文時往往不允許註明出處，為省讀者考查的工夫，特匯集來歷出處於本文。但文章寫成既久，當時信手徵引，至今追溯不免有忘卻者。

一　靈性篇

序文

風林無靜羽，湍水無寧鱗。〈明・湯賓尹〈張封公壽序〉。原文作「猶風林之無靜羽，而湍水之無寧鱗，極亂之象也。」見《睡庵稿》〉

吾亦愛吾廬。（晉・陶潛〈讀山海經〉十三首之一，見《陶淵明集》）

「將要」最美

老夫慣有飛花感，怕見濃春爛漫時。（清・王苣孫〈揚州雜述詩〉，見《淵雅堂全集》）

擁有與享有

解用青銅臭亦香。（清・阮鏞〈才人詩〉，見《醇雅堂詩略》）

一回相見一回老，能得幾時為弟兄？（明・何稚孝引法昭禪師偈詩，見何仵庵先生《示兒集》）

年年作事年年悔，又恐年年悔過年。（明・曾異〈辛巳除日詩〉，見《紡綬堂文集》）

機複者易毀。（清・夏仁虎〈傷吳君詩〉，見《嘯盦詩存》）

想像力

任它雨過蒼苔滑，偏向巉巖險處行。（明代某士題〈樵夫出門圖〉：「昨宵雨過蒼苔滑，休向巉巖險處行。」見洪明誠《秋水鏡》引）

若言琴上有琴聲，放在匣中何不鳴？若言聲在指頭上，何不於君指上聽？（宋蘇軾〈琴詩〉）

談聯想

蠟燭有心還惜別，替人垂淚到天明。（唐・杜牧〈贈別詩〉，見《樊川詩》）

只緣心太熱，不覺淚成行。（清・張石樵〈詠燭淚詩〉，見王汝玉《梵麓山房筆記》引）

萬樹梅花一間屋，縱然矮煞可高眠。（清・沈謹學〈寫懷詩〉，見王汝玉《梵麓山房筆記》引，作者已刊《沈四山人集》）

湖影人皆綠。（清・劉香雪句，見王汝玉《梵麓山房筆記》引。下對霜威水起稜）

風高月有稜。（清・朱酉生句，見王汝玉《梵麓山房筆記》引。作者已刊《知止堂詩》）

殺豬久了像豬

擊石易得火，扣人難動心，今日朱門者，曾恨朱門深。（唐・王鐐〈感事詩〉，見《全唐詩》）

感恩萬物

遂令色香味，一日備三絕。（宋・蘇軾〈毛正仲惠茶乃以端午小集石塔詩〉，見《蘇詩評注彙鈔》）

塵囂身世便雲霞。（元・耶律楚材〈西域從王君玉乞茶因其韻〉七首之四，見《古今圖書集成》第二九四卷〈茶部〉引）

嗅覺的享受

朱火燃其中，青煙颺其間，順風入君懷，四坐莫不歡。（闕名古詩，見《佩文齋詠物詩選・爐類》引）

詩人的感覺

松蔭高枕石頭甜。（清・沈豹句，沈為明遺民，見《五備堂詩集續刻》）

繚亂春山水上梭。（清・盛經三七律之十二句，見《湖居雜興》）

如何天上雷，化作風中琴。（清・伊秉綬〈于役高州途中詩〉，見《留春草堂詩鈔》）

山頭只作嬰兒看。（宋・蘇東坡〈唐道人言天目山上俯視雷雨每大雷電但聞雲中如嬰兒聲殊不聞雷震也詩〉，見《施注蘇詩》）

刀頭美人血，長帶胭脂香。（清・徐熊飛〈企喻歌〉，見《白鵠山房詩鈔》）

夢醒春老晚風尖。（清・王章〈送雨舟移寓高橋詩〉，見《靜虛堂吹生草》）

人生一小天，齒動如地動。（清・袁枚〈拔齒詩〉，見張懷淮編《小倉選集》）

缺陷世界

從來尤物不長生。（唐・劉禹錫〈和楊師皋傷小姬英英詩〉，見《劉賓客詩集》）

未濟終焉心縹緲，百事翻從缺陷好，吟到夕陽山外山，古今誰免餘情繞。（清・龔自珍詩）

跛腳的鐵拐李

自古真英雄，小辱非所恥。（清・朱一蜚〈讀史詩〉之一，見《浣桐詩鈔》）

雅而實俗

科頭箕踞長林下，白眼看他世上人。（明・倪允昌《光明藏》引前人詩，見明・閔景賢編《快書》。考此為王維〈與盧員外象過崔處士興宗林亭詩〉）

莫愁前路無知己，天下何人不識君。（唐・高適〈別董大詩〉，見《高常侍詩校注》）

俗極反雅

做天難做四月天。（諺語，下接「做人難做中年人」或「蠶要溫和麥要寒」，見《中華諺語志》）

人來求我三春雨，我去求人六月霜。（諺語）

非關水厄其無端，醉裏嵇康數起難。草野敢思遺漢殿，詩書真欲溺儒冠！三春犢鼻梅常潤，五夜龍鬚漏未殘，如許頭顱堪一笑，那尋保母為推乾。（清・徐雲拂〈小遺解嘲詩〉，見張元賡《張氏卮言》引）

曠達者

霜松雪竹鍾山寺，投老歸歟寄此生。（出處忘卻，待查考）

當

真即假時假亦真。（模仿《紅樓夢》第五回中聯語：「假作真時真亦假，無為有處有還無。」）

福與慧

我生二十不得意，一心愁謝似枯蘭。（唐・李賀〈開愁歌〉，見李賀詩注）

看見秋眉換新綠，二十男兒那刺促！（唐・李賀〈浩歌〉，見李賀詩注）

年年歲歲花相似，歲歲年年人不同。（唐・劉希夷〈白頭翁詩〉，見敦煌殘卷斯二〇四九號，伯二五五五號，伯三六一九號，《全唐詩》則宋之問、劉希夷集中均有此詩）

談美人

從來佳茗似佳人。（宋・蘇東坡〈次韻曹輔寄壑源試焙新茶詩〉，見《施注蘇詩》）

有限與無限

小小青松未出欄，枝枝葉葉耐嚴寒，如今正好低頭看，他日青天仰面難！（明・解縉〈詠小松詩〉，見《解文毅公集》）

明朝有米無？此自明朝事，今日且飽食，萬事付美睡。（清・羅惇曧〈病起作詩〉，見《癭庵詩集》）

此生原為讀書來

此生原為讀書來。（此為曹月槎手抄清・高其倬所著《味和堂詩》上之〈藏書章〉）

積書令人智，積金令人愚。（清・魏周琬〈贈樂豫中詩〉，見《充射堂詩二集》）

是我，但並不是我

滿口吐成絲。（清・釋敏膺〈觀詩有感〉句，原作「人亦如蠶三退殼，自然滿口吐成絲。」見香域自求膺禪師《內外集》）

談遇

但得廿年林壑趣，強如安穩到三公。（清・顧嗣立〈南歸留別京師故人詩〉，見《閭邱年譜》，趙詒深輯入《丙子叢編》）

百年但得不分離，即是人生至樂時。（明・王祖嫡〈妾命好詩〉，見《師竹堂集》）

說杖

畏塗自衛真無敵，捷徑爭先卻累人。（宋・蘇東坡〈樂全先生生日以鐵拄杖為壽詩〉，見《施注蘇詩》）

路無夷險終全節，用有行藏一任時。（宋・何夢桂〈李郎中有詩謝寄藤杖仍次韻答之詩〉，見《佩文齋詠物詩選》）

多情與無情

誰知此是多情樹，最愛春光最怕秋。（元・黃庚柳詩，見《月屋漫稿》）

世間才子總無情。（清・杜詔〈再和幻香亭無題詩〉，見《雲川閣集》）

也知有福能容嬾，不信多情定狎邪。（清・阮鏞〈游隨園懷倉山老人詩〉，見《醇雅堂詩略》）

山是活的

眼光到處山俱活。（清・翁同龢〈由雙山策騎詩〉，見《瓶廬詩稿》）

草堂四面山如活。（清・吳歷〈題畫〉第三十二首，見《墨井詩鈔》）

青山依舊在，幾度夕陽紅。（見於《三國演義》開卷詩）

船的哲思

脫網魚游江水深。（清・歸懋儀〈三高祠詩〉，見《繡餘詩草》）

東船下時西船怨，西船上時東船羨。（宋・方岳〈東西船詩〉，見《佩文齋詠物詩選》）

丈夫中立天地間，橫截眾流色不改。（明・閻爾梅〈晤易曦侯詩〉，見《白耷山人詩存》）

賞花心情

辜負名花已半生。（清・杜詔〈花朝讌集詩〉，見《雲川閣集》）

長安春暖百花開，無奈春心冷欲灰，縱有馬頭紅杏色，此行非是看花來！（清・杜詔〈馬上口占詩〉，見《雲川閣集》）

野草的聯想

芒刺在我眼……芟夷不可缺。（唐・杜甫〈除草詩〉，見《杜工部詩集》）

蕙葉亦難留。（同上）

荷鋤先童稚，日入仍討求。（同上）

野菜開花結牡丹

誰遣人生會合難，鴛鴦一處不曾單，但能郎意如儂意，野菜開花結牡丹。（清・沈謹學〈竹枝歌〉，見《沈四山人詩錄》）

蠶與蜘蛛

密織不上身，網疏常得食。（明・趙寬〈古意詩〉，見《佩文齋詠物詩選》）

作繭纔成便棄捐，可憐辛苦為誰寒？不如蛛腹長絲滿，連結朱簷與畫欄。（元・郝經〈蠶詩〉，見《佩文齋詠物詩選》）

十日身投湯火裏，不須回首笑蜘蛛。（清・曹言純〈春蠶詞〉，見《徵賢堂詩正集》）

乾蝴蝶

也思懺悔舊情癡。（清・姚稱〈書中乾蜨詩〉，見《搴香吟館遺稿》）

爆竹的聯想

書畫琴棋詩酒花，當年件件不離他，而今七事都更變，柴米油鹽醬醋茶。（清・張璨〈手書單幅〉，見查為仁《蓮坡詩話》所引）

二　生活篇

再談欣賞生活

夕陽無限好，只是近黃昏。（唐・李商隱〈登樂遊原詩〉，見《玉谿生詩箋注》）
郎騎竹馬來，繞床弄青梅。（唐・李白〈長干行〉二首之一，見《李太白文集》）
夜雨剪春韭，新炊間黃粱。（唐・杜甫〈贈衛八處士詩〉，見《杜詩詳註》）
渡頭餘落日。（唐・王維〈輞川閒居贈裴秀才迪詩〉，見《王右丞集注》）
江東日暮雲。（唐・杜甫〈春日憶李白詩〉，見《杜詩詳註》）
日暮鄉關何處是。（唐・崔顥〈黃鶴樓詩〉，見《全唐詩》）
月照一孤舟。（唐・孟浩然〈宿桐廬江寄廣陵舊遊〉，見《全唐詩》）
更教明月照流黃。（唐・沈佺期〈古意呈補闕喬知之〉，見《全唐詩》）
明月好同三徑夜。（唐・白居易〈欲與元八卜鄰詩〉，見《白香山詩集》）

愛廬的一日

遊山如讀書，淺深在所得。（宋・陸游詩，見清・張英《聰訓齋語》引）

山居

采樵雖云勞，覽勝尤足娛。（明・王紱〈山樵詩〉，見《王舍人詩集》）

買山容易住山難

買山容易住山難。（清・湯貽汾〈自題山水畫冊〉詩，見《琴隱園詩集》）

會得箇中趣。（非詩，見陸紹珩《醉古堂劍掃》引：「會得箇中趣，五湖之煙月盡入寸衷。」）

世上財多賺不盡，朝裏官多做不了。（明・唐寅〈一世歌〉，見《唐伯虎全集》）

欣賞生活欣賞詩

柔腸一寸，七分是恨，三分是淚。（清・黃雪舟〈傷春詞〉，見清・查禮《銅鼓書堂遺稿》引）

大抵好物不堅牢，彩雲易碎琉璃脆。（唐・白居易〈簡簡吟〉，見《白香山詩集》）

落紅不是無情物，化作春泥更護花。（清・龔自珍〈己亥雜詩〉，見《龔自珍全集》）

尋幽別有雲深處，不種桃花誤世人。（清・惲壽平〈題畫詩〉，見《甌香館集》）

只因未識嫦娥恨，猶向人間說廣寒。（清・惲壽平〈答次谷詩〉，見《甌香館集》）

如何是有福

有福是看山。（清・金武祥句，見《淮孫詩草》）

心閒方是福。（清・時慶萊〈與竹篸縱談時事詩〉，見《鐵石亭詩鈔》）

不能諧俗知非福。（清・江肇域〈感事詩〉，見《桐溪耆隱集》）

惜福

一朝福報盡，猶若棲蘆鳥。（唐・寒山〈我見轉輪王詩〉，見《寒山詩集》）

癡福暫時扶，埋頭作地獄。（唐・寒山〈常聞國大臣詩〉，見《寒山詩集》）

朱門酒肉臭。（唐・杜甫〈自京赴奉先縣詠懷五百字〉，見《杜詩詳註》）

生活的哲思

叔孫居官舍，一日必葺牆，想見無所苟，豈論暫與常。（清・張之洞〈竹詩〉——湖北提學官署〈草木詩〉，見《廣雅堂詩》）

隨宜梳洗莫傾城。（宋・秦觀〈放歌行詩〉，見洪月誠《秋水鏡》引）

生活中的小火花

伴蘭如伴妾，愛菊如愛友。（明末吳莊語，非詩，見《吳鰥放言》）

書有一卷傳，亦抵公卿貴。（清・趙翼〈偶書詩〉，見張懷湝編《甌北選集》）

古往今來只如此。（唐・杜牧〈九日齊山登高詩〉，見《全唐詩》）

淡妝濃抹總相宜。（宋・蘇軾〈湖上初雨詩〉，見《蘇詩評註彙鈔》）

上比與下比

曉上上方高處立，路人羨我此時身，白雲向我頭上過，我更羨他雲路人。（唐・姚合〈遊天台上方詩〉，見《全唐詩》）

心與境

洞裏桃花日日鮮。（清・林鑑堂〈安心詩〉，見尤乘《勿藥須知》引）

朝朝掃心地，掃著越不靜。（明・禪師詩偈，見徐卷石《頂門針》引）

到得能閒幾丈夫。（明・羅洪先〈由翰林歸田詩〉，見劉仕義《新知錄摘抄》引）

樂觀與悲觀

此後已辭傾險路，從今不見尋常人。（清・金農〈忽爾喪明詩〉，見《冬心先生三體詩》）

欣賞妻子

酒傾杯盡疎狂發，大筆連圈自己詩。（清・劉因之引黃間芝詩，見《蟻餘偶筆・黃間芝傳》）

數苞仙艷月中出，一片異香天上來。（唐・李山甫〈牡丹詩〉，見《全唐詩》）

養兒的好處

添兒輕看死三分。（清・查善和〈飲醉示內詩〉，見《東軒詩稿》）

留錢殺子孫

有子如龍虎，不須作馬牛；有子如豚犬，何須作馬牛。（見明・田藝衡《玉笑零音》）

人情學

逝者不復來，存者宜益親。（清・毛嶽生〈往歲與彭甘亭晤別詩〉，見《休復居詩集》）

從來英雄人，最快報德事。（清・施鴻保〈將去福州賦贈徐左三詩〉，見《可齋集》）

情關打破判仙凡。（清・查餘穀〈悼亡詩〉，見《魚腹餘生詩稿》）

病中良友來，驅病勝於醫，豈伊病能驅，意愜情亦怡。（清・劉寶楠〈臥病雜詠詩〉，見《念樓集》）

境能退想心常泰，事肯讓人我未癡。（清・柯輅〈言懷詩〉，見《淳庵未刻稿》，臺北國家圖書館藏著者手稿本）

屋堪容我何妨矮，客有可人不在多。（清・簡庵〈歲暮雜感詩〉，見《偶吟漫錄》）

平生恨事

人無仙骨不能詩。（清・阮鏞〈穀雨日東陳道士詩〉，見《醇雅堂詩略》）

病有十快

自身有病自心知，身病還將心自醫。（明・鄭心材引《醫書》語，見《鄭京兆文集》）

病後身如易漏舟。（明・曾異〈將往吳興哭潘昭度詩〉，見《紡綬堂文集》）

壽與夭

人間無似壽為尊。（元・王惲〈慶路伯達八秩之壽詩〉，見《秋澗集》）

美人自古如名將，不許人間見白頭。（清・佟蔗村姬人豔雪作〈和查為仁悼亡詩〉，見《蓮坡詩話》引）

西施壽百年，寧復吳王憐？（清・趙翼〈題許松堂亡姬小像〉，見張懷淮編《甌北選集》）

享年八十三，而不七十九，嗚呼夏相公，萬代名不朽。（元人〈弔夏貴墓詩〉，見《比事摘錄》引，輯入《今獻彙言》）

不得行胸臆，頭白亦為夭；苟得快須臾，童殤固已老。（清・袁枚〈雜詩〉，見張懷淮編《小倉選集》）

一日快活敵千年。（出處忘卻，待查考）

大榕樹

在地願為連理枝。（唐・白居易〈長恨歌〉，見《白氏長慶集》）

凡事回頭看

凡事回頭看。（明代蜀中一耆儒〈題張果老倒跨蹇驢圖詩〉，見《雪濤小說》）

一日不出門

但覺眼前皆妙境，那知來處有源頭。（清・陳浩〈為有源頭活水來和于午晴同年詩〉，見《生香書屋文集》）

強顏應接暫時親。（元・仇遠〈自笑詩〉，見《金淵集》）

舊觀念

小穴難防任鼠窺。（清・袁枚〈示兒詩〉，見《小倉山房詩文集》）

撲滿哲學

區區小器安足憐，黃金塞塢臍亦燃。（元・艾性夫〈撲滿詩〉）

三　勵志篇

獨處時分

閉門皆樂地，高枕即安居。（清・鍾文鼎〈閉門詩〉，見《老雪廬述草》）

談骨氣

商女不知亡國恨，隔江猶唱後庭花。（唐・杜牧〈泊秦淮詩〉，見《全唐詩》）

磨

十年磨杵杵成針，九孔玲瓏見苦心。（明・張鳳翼〈杵詩〉，見《句注山房集》）

糊塗臉水聰明枕

山不厭高，水不厭深，周公吐哺，天下歸心。（魏・曹操〈短歌行〉）

勤加上癡

意匠慘澹經營中，斯須九重真龍出，一洗萬古凡馬空！（唐・杜甫〈丹青行詩〉，見《杜工部集》）

一切靠自己

要識美人顏色好，亂頭粗服亦相宜。（清・朱綸〈十月十日至武林始遊西湖詩〉，見《二苕詩集》）

豈知名士生來韻，野服山裝亦可人。（清・江肇塽〈讀詩〉，見《桐溪耆隱集》）

物因人而重

江山有景待人勝。（元・劉銑〈再和遊洞巖詩〉，見《桂隱詩集》）

千秋世上名，重人乃重器。（清・張涵中〈焦山法堂觀玉帶詩〉，見《鑒悔齋分體詩錄》）

人苟欲自貴，何官不貴人？人苟欲自賤，何官不賤人？（明・洪文衡句，清・伊秉綬《留春

草堂詩鈔》引高宗憲所作〈墓誌〉）

扉與鏡

鏡清見毫毛，心清見天理。（非詩，據明・薛瑄《薛子通論》「水清則見毫毛，心情則見天理」改寫）

只為妾顏憔悴甚，照時分曉易傷心。（明・王禕〈古意詩〉，見《王忠文公集》）

垂名千古易，無愧寸心難。（宋・陸游詩，見朱用純《毋欺錄》引）

好名

有名世所疑。（東晉・袁宏〈詠史詩〉，見《世說新語・文學篇》引）

多才世所妒。（明・張瑞圖〈高士篇・孫登詩〉，見《白毫庵集》）

井甘枯必早，木直伐故先。（明・張瑞圖〈高士篇・韓康伯詩〉，見《白毫庵集》）

名場禍比戰場多

人生能淡即神仙。（清・金應澍〈春仲偶成詩〉，見《自娛詩草》）

名場禍比戰場多。（明・熊廷弼〈黃利通輓詩〉，見《熊襄愍公集》）

怒

愚濁生嗔怒，皆因理不通，休添心上焰，只作耳邊風。（明・李如一引王安石詩，見《說郛

續》卷十七〈水南翰記〉）

盛怒劇炎熱，焚和徒自傷。（宋・孔旻詩，見元・吳亮《忍經》引，收在《武林往哲遺書》）

太和之氣

天在人身春在木。（明・高攀龍〈戊午吟詩〉，見《高子遺書》）

進與退

自無君子佩，未是國香衰。（唐・崔塗〈幽蘭詩〉，見《全唐詩》）

生無桃李春風面，名可山林處世家，政坐國香到朝市，不容霜節老雲霞。（宋・楊萬里〈蘭花詩〉，見《誠齋集》）

千里井不反唾

千里不唾井，況乃昔所奉。（魏・曹植〈代劉勳妻王氏作去婦詩〉）

古人不唾井，莫忘昔纏綿。（唐・李白〈為平虜將軍妻賦詩〉，見《李太白集》）

占卜不如修身

世亂鬼神尊。（清・朱酉生詩：「病多方術亂，俗敝鬼神尊。」見《梵麓山房筆記》引）

命相不可信

臨別從頭理一番。（清・袁枚〈自輓詩〉，見《小倉山房詩文集》）

一笑凌雲便返真。（清・袁枚〈自輓詩〉，見《小倉山房詩文集》）

感與應

前途欲問皆心地。（清・平舟主人〈卜詩〉，見《寶善齋課稿》）

長壽之道

鳥獸無雜病，窮漢沒奇症。（明・呂坤〈續小兒語〉，非詩，編入《藝海珠塵》）

生死關頭

自古誰無死？惜公遲四年！問公今日死，何似四年前？（元人〈贈淮南閫帥夏貴歸元詩〉，見《比事摘錄》引）

悔

千金散盡還復來。（唐・李白〈將進酒詩〉，見《李太白文集》）

一頭白髮催將去，萬兩黃金買不回。（出處忘卻，待查考）

什麼貨色

幾人到此誤平生。（宋・朱熹詩，見明・洪月誠《秋水鏡》引）

在錯誤中學習

逐日淘沙定有金。（明・呂維祺詩，見《明德先生文集》）

四　讀書篇

讀書像什麼

客稀情易密。（清・沈豫〈新正二十日詩〉，見《芙村學吟》）

遊山如讀書

遊山如讀書。（清・李調元詩句，見《童山選集》按此原為陸游詩，李氏借用）

讀書像心痛

學如富賈在博收，仰取俯拾無遺籌。（宋・蘇軾〈代書答梁先詩〉，見《施注蘇詩》）

根器警敏誠難遇，鑿透高原始及泉。（元・雪竇禪師〈真跡詩〉，見鮮于樞《困學齋雜錄》引）

讀書與涉境

豈必身行半天下，纔得眼光大于斗？（清・阮鏞〈司馬溫公云讀萬卷書行萬里路然後能文章余反其意詩〉，見《醇雅堂詩略》）

讀書破萬卷，下筆如有神。（唐・杜甫〈奉贈韋左丞丈二十二韻〉，見《杜詩詳註》）

飄零君莫恨，好句在天涯。（清・汪楫〈聞吳野人就館角斜卻寄詩〉，見《悔齋集》）

大師與大手筆

避君才筆去研經。（清・孫星衍〈贈袁枚詩〉，見《隨園隨筆》序）

抒發之樂

文成坐看人爭讀，李杜生前無此福。（清・王芑孫《淵雅堂全集》，張問陶〈題卷首小像詩〉）

賞畫

明歲滿林筍更稠，百千萬竿青不休，好似老夫多崛強，雪深一丈肯低頭！（清・金農〈題竹詩〉，見冬心先生《畫竹題記》）

瑜亮情結

才和才角又難容。（乃《三國演義》第四十四回收場詩：「智與智逢宜必合，才和才角又難容。」）

一著棋高難對敵，幾番算定總成空。（乃《三國演義》第五十六回收場詩）

愛是終身創作的火焰

失主錯莫無晶光。（唐・杜甫〈瘦馬行詩〉，見《杜工部集》）

下堂辭君去，去後悔錯莫！（唐・李白〈寒女吟詩〉，見《李太白集》，又敦煌伯三八一二號載唐・高適〈請辭退詩〉亦有此）

志氣低摧只自傷。（宋・陸游詩，見《陸放翁全集》）

壞壁醉題塵漠漠，斷雲幽夢事茫茫。（宋・陸游〈禹跡寺南有沈氏小園四十年前題詞壁間偶復一到詩〉，見《陸放翁全集》）

此身行作稽山土，猶弔遺蹤一悵然。（宋・陸游〈過沈園詩〉，見《陸放翁全集》）

傷心橋下春波綠，曾是驚鴻照影來。（宋・陸游〈過沈園詩〉，見《陸放翁全集》）

焚其少作

從此不揮閒翰墨，男兒當注壁中書。（清・龔定庵〈寫孔憲庚作雲水詩瓢圖〉，見《龔自珍全集》）

硯田無限廣

堅剛千古難磨了。（元・謝宗可〈鐵硯詩〉，見《佩文齋詠物詩選》引）

小隱隱深山，大隱隱鴻篇。（清・黃雲師詩句，見《采榮堂集》）

皎皎穿雲月，青青出水荷。（宋・蘇軾〈龍尾石硯寄猶子遠詩〉，見《施注蘇詩》）

高士硯如美人鏡，寒光易使新妝靚。（清・周亮工〈還硯歌〉，見《賴古堂詩集》）

抱真唯守墨，求用每虛心。（唐・李山甫〈古石硯詩〉，見《佩文齋詠物詩選》引）

童年的字帖

靈芝生河洲，動搖因洪波，蘭榮一何晚，嚴霜瘁其柯。（漢・酈炎〈見志詩〉，見《詩品》引，《藝文類聚》引作〈蘭詩〉）

詩人的四季

庾信平生最蕭瑟，暮年詩賦動江關。（唐・杜甫〈詠懷古跡〉五首之一，見《杜詩詳註》）

氣蒸雲夢澤，波撼岳陽城。（唐・孟浩然〈洞庭湖上張丞相詩〉，見《全唐詩》）

不才明主棄，多病故人疏。（同前）

禪是活的

一兔橫身當古路，蒼鷹才見便生擒，後來獵犬無靈性，猶向枯樁舊處尋。（此大陽玄禪師典客偈，見陳繼儒《巖棲幽事》引）

有趣的情歌

江中帆阿那，四面各相宜，歡是東西風，不專為儂吹。（明・陳子龍〈懊儂歌〉，見《陳忠裕全集》）

大艑十丈帆，小舠三尺槳，儂欲追送歡，江潮不能上。（明・陳子龍〈估客樂〉，見《陳忠裕全集》）

蛛絲語蛺蝶，自有相牽處，只愁不飛來，那得還飛去？（明・陳子龍〈讀曲歌〉，見《陳忠裕全集》）

笑話三境界

大風起兮眉飛颺，安得壯士兮守鼻梁。（宋・王闢之《澠水燕談錄》引此為蘇軾戲作）

面黑頭雪白，自嫌還自憐！毛龜蓍下老，蝙蝠鼠中仙。（唐・白居易〈喜老自嘲詩〉，見《白氏長慶集》）

前身便擬廁中鼠，修到功深也是仙。（清・阮鏞〈蝙蝠詩〉，見《醇雅堂詩略》）

賭博奇談

飛來頃刻原飛去，立限回京取紙牌。（明人〈嘲風流宰相延儒視師巡邊詩〉，見周同谷《霜猨集》引）

茶是滌煩子

永日遇閒賓，乳泉發新馥，香濃奪蘭露，色嫩期秋菊。（宋・蘇軾〈寄周安孺茶詩〉，見《施注蘇詩》）

禪窗麗午景，蜀井出冰雪，坐客皆可人，鼎器手自潔。（宋・蘇軾〈石塔寺試茶詩〉，見《施注蘇詩》）

泉甘器潔天色好，坐中揀擇客亦佳。（宋・歐陽脩〈嘗新茶詩〉，見《歐陽文忠公集》）

談隱士

圖官在亂世，覓富在荒年。（已成諺語，原出徐陵〈答諸求官人書〉）

大隱在朝市，小隱在丘樊……，不如作中隱，隱在留司間。（唐・白居易〈中隱詩〉，見《白香山詩集》）

風林少寧翼，驚浪無恬鱗。（明・劉遵憲〈雜興詩〉，見《來鶴樓集》）

梅花勝牡丹

名花傾國兩相歡。（唐・李白〈清平調〉三首之三，見《李太白文集》）

花開花落二十日，一城之人皆若狂。（唐・白居易〈牡丹芳詩〉，見《白香山詩集》）

牡丹有豔而無香，薔薇雖香多刺芒，有色有香又堪把，不知何品足相當？（明・曾異〈無題口占詩〉，見《紡綬堂集》）

牡丹百品紅與紫，華而不實徒紛紜。（宋・邵雍〈天春園詩〉，見《安樂窩吟》）

三絲九陌花時節，萬馬千車看牡丹。（唐・徐凝〈寄白司馬詩〉，《全唐詩》絲作條，馬作戶）

近來無柰牡丹何，數十千錢買一窠。（前人誤引作許渾詩，實為柳渾〈牡丹詩〉，見《全唐詩》）

《生活美學》引用詩句考

詩有濃縮的涵意，有華麗的字面，有曼妙的音節，有雅潔的氣氛。在賞花談藝的小品文中，何妨引用些詩句，俾收裝飾、呼應、與印證的效果。古典詩篇，原本就是儲存探討生活美學各方面思維的寶庫，明引或潛化古典詩句入文，自然成趣。但寫小品文章不如學術論文的考據嚴格，有時偶用第二手資料，有時偶採傳說不經的材料，只要於文有益，亦屬無妨。近有幾所大專院校，選錄拙文入教材，苦於所引詩篇出處浩瀚，難以註腳，所以特就記憶所及，一一註明作者與詩集名稱，以供參考。並備日久遺忘難以查考。

序文

陶令情懷亦愛廬。（清・張英〈戲擬放翁四首詩〉，見《文端集》）

喜聽詩人說愛廬。（清・湯貽汾〈月鄰家有園林向析其半於他人詩〉，見《琴隱園詩集》）

一　天趣篇

賞雲

悠然坐看南窗外，片片浮雲空自忙。（清・袁棟〈夏日閒詠詩〉，見《漫恬詩鈔》）

看雲知世變。（元・釋英詩句，見《白雲集》）

此志不逐浮雲變，百年要當如一時。（清・祝尚矣〈賦得努力崇明德詩〉，見《半邏隨筆》）

高雲無媚姿。（清・李鍇〈吳中二隱士詩〉，見《睫巢後集》）

賞雨

花自飄零水自流。（已成常語，待考）

賞山

盛衰不可常，閱世惟山丘。（明・袁中道〈感懷詩〉第四十八，見《珂雪齋前集》）

入山恨未深，山深不肯住。（明・茅維詩句，見《茅潔溪集》）

山形步步移，山形面面看。（出處忘卻，待查考）

賞水

閒山閒水待人閒。（明・湯賓尹〈黃山雜詠詩〉，見《睡庵稿》）

賞月

月是天上傷心物，海是人間舊淚痕。（清・易順鼎〈漫感詩〉，見《四魂集》）

月亦如遊子，一歲幾圓缺。（清・張涵中詩句，見《鑒悔齋分體詩錄》）

今人不見古時月，今月曾經照古人，古人今人若流水，共看明月皆如此。（唐・李白〈把酒問月詩〉，見《李太白文集》）

一月普現一切水，一切水月一月攝。（永嘉禪師偈語，見《佛學大辭典》「一即一切，一切即一」條下引）

我心如秋月，教我如何說？（唐・寒山詩，見《寒山詩集》）

千江有水千江月。（取「一月一時普現眾水」義，見《法華玄義》。原句是雷庵正受偈語，載《嘉泰普燈錄》）

滿月正當文佛面。（明・何白〈白塔寺坐月望頭佗山詩〉，見《汲古堂集》）

古今一樣中秋月

月滿中秋夜，人人惜最明。（宋・韓琦〈中秋月詩〉，見《佩文齋詠物詩選》）

故人心似中秋月。（宋・戴復古〈中秋李漕冰壺燕集詩〉，見《佩文齋詠物詩選》）

月是去年月，不復去年友，人生如風花，聚散良不偶。（出處忘卻，待查考）

明月易低人易散。（宋・蘇軾〈和子由中秋見月詩〉，見《蘇詩評註彙鈔》）

賞星星

交舊疏如欲旦星。（宋・陸游詩，見《陸放翁全集》）

賞草

吮墨頻年草似書。(明・彭汝諧〈病中漫興詩〉,見《蔚庵逸草》)

寸心燒不死,萬里碧無情。(清・汪繹〈新草詩〉,見華培昌所編《三家詩鈔》。汪所著為《秋影樓詩集》)

人間最是無花好。(明・趙南星〈戲作落花詩〉,見《趙忠毅公文集》)

賞樹

叮嚀樵斧休戕伐,留待他年作棟樑。(明・解縉〈松詩〉,見《解文毅公集》)

野鳥不隨人俯仰,山花偏喜主清幽。(明・夏言詩,見《隱居放言》)

水聲生慧性,林影悅閒身。(明・彭汝諧〈陳七洲詩人孫出家詩〉,見《蔚庵逸草》)

栽樹的聯想

江南有丹橘。(唐・張九齡〈感遇詩〉,見《全唐詩》)

自為桃李公門後,不向春風更著花。(清・敦誠〈感懷索侍御詩〉,見《四松堂集》)

種花人語

花開未解憐,枝空徒相憶。(清・汪璸〈西園看桃花歸詩〉,見《蓉湖詩鈔》)

養花功較賞花忙。(清・夏仁虎詩句,見《嘯盦詩存》)

花開真好不妨遲。（清・時慶萊〈春江假滿贈別詩〉，見《鐵石亭詩鈔》）

但能香到死，開晚亦何妨。（宋・郭晞〈對菊詩〉，見明・謝鐸編《赤城詩集》）

不惜花開遲，惜此好顏色。（清・汪繹〈晚桃詩〉，見《秋影樓詩集》，收入華培昌編《三家詩鈔》）

栽花如養民。（清・袁枚〈偶然作詩〉，見《小倉山房詩文集》）

名花自合加培植，莫使芳魂怨主人。（清・潘素心〈種蘭詩〉，見施淑儀輯《清代閨閣詩人徵略》）

開已到十分，焉能常美好？（清・劉因之〈落花詩〉，見《蟻餘偶筆》）

看花誰憶種花人？（明・何白句，見《汲古堂詩》）

銷盡凡心不種花。（清・梁溪女冠韻香句，見法式善《梧門詩話》卷十六引）

香的世界

曲終人不見，江上數峰青。（唐・錢起〈湘靈鼓瑟詩〉，見《全唐詩》）

拜動物為師

雀啄復四顧，燕寢無二心，量大福亦大，機深禍亦深。（宋・朱熹〈警世語四絕句〉，見陳繼儒編《國朝名公詩》注文所錄）

耕井無宿草，倉鼠有餘糧，萬事分已定，浮生空自忙。（同上）
翠死因毛貴，龜亡為殼靈，不如無用物，安樂過平生。（同上）
鵲噪未為吉，鴉鳴豈是凶，人間凶與吉，不在鳥鳴中。（同上）
多材信為累，歎息此珍禽。（唐・陳子昂〈感遇詩〉，見《全唐詩》）
一羽值千金。（非詩，見《禽經・注》：「王公家以為婦人首飾，其羽值千金。」）

賞貓

待時必如死，乘時欲如矢。（明・洪月誠原文為「古來大有為之人，其乘時欲如矢者，其待時必如死。」見《廣快書》所收〈秋水鏡〉）
有朝捉得老鼠時，大叫一聲妙妙妙。（攝山志竺禪師貓鼠偈，見王初桐《貓乘》引。收入《昭代叢書別集》）

欣賞小昆蟲

時來不自由。（明・唐時升〈園中詩〉十二首之一，見《三易集》）
寧投明處死，不向暗中生。（明・高岱〈燈蛾詩〉，見《高氏雜集》）

一生八十字

畏寒時欲夏，苦熱復思冬，妄想能消滅，安身處處同。（明・釋株宏〈擬古四警語詩〉，見陳

繼儒輯《國朝名公詩》）

忖得翻思失，擬東仍復西，未來杳無定，何必預勞思。（同上）

蠶出桑抽葉，蜂饑樹結花，有人斯有祿，貧者不須嗟。（同上）

草食勝空腹，茅堂過露居，人生解知足，煩惱一時除。（同上）

賞石

雲閒常臥洞，石懶不隨流。（明・釋曇英〈獨住詩〉，見黃居中選《曇英集》）

惟茲一片石，寄我萬重心。（清・郝蘴〈詠硯詩〉，見《清代閨閣詩人徵略》引）

欣賞水果

佳人難再得。（漢・李延年歌，載於《漢書》，見《古詩源》）

不染雲霞偏染霧，慈航欲渡世人迷。（清・王凱泰〈臺灣雜詠南無詩〉，見廖一瑾《臺灣詩史》引）

難得青青上佛頭。（清・王凱泰〈臺灣雜詠波羅蜜詩〉，見同上）

欣賞太陽

太陽一出冰山頹。（明人為嚴嵩抄斬後句，見《天水冰山錄》）

睡足東風一竿日。（明・朱妙端〈春睡詞〉，見朱靜庵《自怡集》）

夕陽無限好，只是近黃昏。（唐・李商隱〈登樂遊原詩〉，見《全唐詩》）

漢口夕陽斜度鳥。（唐・劉長卿〈自夏口至鸚鵡洲詩〉，見《全唐詩》）

獨留青塚向黃昏。（唐・杜甫〈詠懷古跡詩〉，見《杜工部集》）

紗窗日落漸黃昏。（唐・劉方平〈春怨詩〉，見《全唐詩》）

時間這老人

紅輪決定西沉去。（明代〈送殯郎歌〉，見明・徐芳《懸榻編》引）

大家堆作一坑埋。（明・徐芳〈為西來庵題普同塔疏詩〉，見《懸榻編》）

老年比境界

欲作一男子，須了四般事：財能使人貪，色能使人嗜，名能使人矜，勢能使人倚，四患既都去，豈在塵埃裏！（宋・邵雍〈男子吟〉，見《伊川擊壤集》）

一劍霜寒十四州。（唐・貫休〈獻錢尚父詩〉，見《全唐詩》）

五帝三皇是何物。（唐・貫休〈公子行詩〉，見《唐才子傳》引）

一瓶一鉢垂垂老，萬水千山得得來。（唐・貫休〈陳情獻蜀皇帝詩〉，見《全唐詩》）

從心妄行總不妨。（宋・邵雍句，見《邵子全集》）

上半段最妙

讀書苦不早，立志苦不真，不真與不早，一世長湮淪。（清・清揆〈對書大感詩〉，見《了生集》）

誰是有情人

人若無花人不樂，花若無人花寂寞。（明・沈周〈看花吟詩〉，見陳繼儒編《國朝名公詩》）

少日情癡解哭春，夜聞猛雨輒傷神。（清・邵陵〈二月二日皖江客店聽雨詩〉，見《青門詩集》）

如今老去知無謂，不作通宵不寐人。（同上）

思君若冬日，不衣人自暖。（明・釋澹歸（金堡）〈送屠刺史還毘陵詩〉，見《徧行堂集》）

鄙夫爭一身，身外匪所計。（明・魏學洢〈魯仲連詩〉，見《茅簷集》）

情乃由憶生，不憶故無情。（清・許星箕〈辛亥後自號懲憶翁詩〉，見《求佚老齋詩鈔》）

賢聖去我已千載，手把遺編闔且開，惟有多情天上月，蒼茫曾照古人來。（清・張裕釗〈夜詩〉，見《張濂卿先生詩文稿》）

審美的眼光

上山不見山，山化一天竹，入竹不見天，天化一山綠。（清・周與香句，見張晉本《達觀堂詩話》引）

一葉欲辭樹，百葉相隨鳴，在樹動奇響，至地全無聲。（明・釋明澗〈落葉詩〉，見明・黃傳祖編《扶輪集》引）

不相逢處已相逢。（清・錢伯坰訪僧了然未遇見壁上有此詩，見法式善《梧門詩話》卷十一）

我有破書難補，僧有破廟難修，世界從來缺陷，曰儒曰道同流。（清・周與香詩，見張晉本《達觀堂詩話》引）

眼高無俗物，心冷即名山。（清・蔣莘〈何氏園詩〉，見《法式善梧門詩話》引）

詩與自然

夕陽漸放人影長。（清・金和〈全椒南郊晚步詩〉，見《秋蟪吟館詩鈔》）

松入悲風強作濤。（清・翁同龢〈次韻醇邸登華蓋山志感詩〉，見《瓶廬詩稿》）

一枝蓮在火中生。（元・吳亮〈莫應對詩〉，見《忍經》）

波碎一江月，風移兩岸山。（清・黃景洛〈月夜渡江詩〉，見《黛山樓詩存》）

無數斷霞江壓岸。（清・張爾旦句，見王汝玉《梵麓山房筆記》引）

淚過秦山色變紅。（清・徐蘭〈雜詠詩〉，見錢林輯《文獻徵存錄》引）

怒存千丈髮，笑擲百年頭。（明末麻三衡〈絕命詞〉，見劉繎《五石瓠》引）

白髮三千丈。（唐・李白〈秋浦歌〉，見《李太白文集》）

劉郎一去三千歲，落盡桃花只閉門。（清人扶鸞詩，見葉鏆《散花庵叢話》引）

走入詩境

空山松子落，幽人應未眠。（唐・韋應物〈秋夜寄邱員外詩〉，見《全唐詩》）

終南陰嶺秀，積雪浮雲端。（唐・祖詠〈終南望餘雪詩〉，見《全唐詩》）

客睡何曾著，秋天不肯明。（唐・杜甫〈客夜詩〉，見《杜詩詳註》）

春潮帶雨晚來急。（唐・韋應物〈滁州西澗詩〉，見《全唐詩》）

榕葉蔭門蠔作壁，家家餉客是檳榔。（清・王書茳〈龍川榜人歌〉，見張晉本《達觀堂詩話》引）

詩人多奇想

偶從煮茗得濤聲。（清・鄂容安〈雪後詩〉，見《梧門詩話》引）

春浪太多情，聲聲打船尾。（清・鄭獻甫〈過吉水詩〉，見《補學軒詩集》）

儂自倒行郎自看，省郎一步一回頭。（清・鮑皐〈虎邱竹枝詞〉，見《不敢居詩話》引，又見《梧門詩話》卷十四）

文籍雖滿腹，不如一囊錢。（《後漢書・趙壹傳》引成語）

羞煞文章不療饑。（清・周再勳〈不第詩〉，見《著娛齋詩集》）

天與饑寒亦愛才。(清・王柳村〈悼吳澹川詩〉,見《梧門詩話》引)

多種春桃即是仙。(明・鄭允行〈閒適詩〉,見義門鄭氏《奕葉吟集》)

英雄回首是神仙。(清・朱國漢〈讀留侯世家詩〉,見清・何梅編《綏安二布衣詩鈔》)

索逋人去境如仙。(清・楊子堅句,見《梵麓山房筆記》引)

墳畔休栽檜,行人欲斧之。(元人〈拜岳王墓詩〉,見《梧門詩話》卷五引)

柳絮飛來一片紅。(清・某鹽商句,見張晉本《達觀堂詩話》引隨園云)

夕陽返照桃花岸。(某老儒加此為上句,見同上)

漭泱清河漲,湍流滋浸淫。滄溟渾灌注,濁浪浩浮沉。洲渚津涯闊,泥沙沮洳深。沿淮澤鴻滿,漂蕩渡江潯。(元・張翥〈水字詩〉,見《佩文齋詠物詩選》第三冊)

吾曹生世非無益,一奇尚救世俗凡。(清・洪亮吉〈與孫大約作攝山詩〉,見《卷施閣集》)

美化心靈

家無半畝憂天下,胸有千秋愧此生。(清・趙雲松〈述懷詩〉,見《不敢居詩話》引)

浮雲時事改,孤月此心明。(宋・蘇東坡〈次韻江晦叔詩〉,見施注《蘇東坡詩》卷三十九)

七步以來誰抗手,六經而外此傳書。(清・戴思任〈題文選樓詩〉,見《不敢居詩話》引)

也應有淚流知己,只覺無顏對俗人。(清・程魚門〈落第詩〉,見《不敢居詩話》引)

愁看童僕淒涼色，怕讀親朋慰藉書。（清・袁香亭〈落第詩〉，見《不敢居詩話》引）

美人已嫁莫相思。（清・王介祉〈落梅詩〉，見《不敢居詩話》引）

逐客春深盡族行。（清・沈石田〈落花詩〉，見《不敢居詩話》引）

蝶來風有致，人去月無聊。（清・趙仁叔〈偶成詩〉，見《不敢居詩話》引）

水淺擱舟沙怒語，山彎轉舵月回眸。（清・徐鳳木〈舟行詩〉，見《不敢居詩話》引）

生成薄命是依人。（清・李仙芝〈客中見新燕詩〉，見《不敢居詩話》引）

詩是情話

身無彩鳳雙飛翼。（唐・李商隱〈無題詩〉，見《李義山詩集》）

人面不知何處去。（唐・崔護〈題城都南莊詩〉，見《全唐詩》）

詩是智慧

人生無情何異死，文能壽世即長生。（清・高梅知〈偶成詩〉，見《達觀堂詩話》引）

濁世何爭頃刻光，人間真壽有文章，君文自可垂天壤，翻笑彭翁是夭亡。（明・沈君烈詩，見明・鄭元勳編《媚幽閣文娛》引）

歧路疊經心倍小，流言難禁耳須聾。（清・楊廷理詩，見《達觀堂詩話》引）

會心花鳥皆朋友，到眼煙光足詠歌。（清・戴嵺山〈遊嶽麓自壽詩〉，見《達觀堂詩話》引）

成仙不難

學仙胡為難，第一在割愛。（清・黃景洛〈古詩〉八首之二，見《黛山樓詩存》）

一身兼福慧，何必羨神仙。（清・李文通〈表兄朱秋舫五十壽詩〉，見《壯年聽雨詞人稿》）

人生能淡即神仙。（清・金應澍〈春仲偶成詩〉，見《自娛詩草》）

一日身閒一日仙。（宋・李昴英〈白雲登閣詩〉，見《文溪集》）

老有精神便似仙。（清・金應澍〈田間漫興詩〉，見《自娛詩草》）

適意即千秋。（明末閻爾梅〈懷古詩〉，見《白耷山人詩存》）

莫向高丘望遠海，人生樂處即蓬萊。（明・朱曰藩〈月夜泛舟至東原草堂詩〉，見《山帶閣集》）

情關打破判仙凡。（清・查餘穀〈悼亡詩〉，見《魚腹餘生詩草》）

豪傑簿上寫相思，神仙眼裏滴紅血。（明・王辰玉句，見明・陳繼儒《白石樵真稿》引）

郎自牧牛儂自織，不歸天上亦神仙。（清・夏仁虎〈七夕觀王郎瑤卿演劇詩〉，見《嘯盦詩存》）

人當少年樂，花是及時好。（明・李堯民〈客問蓮詩〉，見《雍野李先生快獨集》）

忙與閒

偷得浮生半日閒。（唐・李涉〈題鶴林寺僧舍詩〉，見《全唐詩》）

天下能偷閒者少，世間自討苦人多。（清・查善和〈自勸酒詩〉，見《東軒詩稿》）

一任人忙我自閒。（清・查善和〈讀老莊合刻詩〉，見《東軒詩稿》）

魚魚鹿鹿總飛蓬，世事如環始復終，一戰正酣戈返日，千言不了筆生風。瘖添手口渾非我，白盡頭顱尚在公，無數輪蹄爭要路，有人冷眼笑山中。（明・陸寶〈忙詩〉，見《悟香集》）

人貪財貨人貪閒，人愛簪纓我愛山，財貨止供妻子樂，簪纓空惹友朋攀。閒中日月真消受，山上煙霞少禍患，若比買臣身富貴，且容遲我十年閒。（清・查善和〈辛卯三十九詩〉，見《東軒詩稿》）

心定自然涼

心定自然涼。（本為諺語，見邵懿辰《集杭諺詩》）

萬般設施只如常，又不驚人又久長，如常卻似秋風至，風不涼人人自涼。（明・僧妙喜偈，見明・祝以豳《詒美堂集》引）

茶道之美

鼎器手自潔。（宋・蘇軾〈毛正仲惠茶乃以端午小集石塔詩〉，見《施注蘇詩》）

座客皆可人。（宋・蘇軾詩，同右）

桃源何處尋

春來徧是桃花水，不辨仙源何處尋。（唐・王維〈桃源行〉，見《王右丞集》）

紅魚綠酒對妻孥。（清・劉大櫆〈江上晚興詩〉，見《海峰小稱集》）
不關心處即深山。（清・袁棟〈閒適詩〉，見《漫恬詩鈔》）
迴與世隔皆仙居。（出處忘卻，待查考）
蒲團坐穩亦英雄。（清・龔鼎孳〈果善寺贈旅公詩〉，見《詩觀初集》二冊）
但種桃花千百樹，何須更說武陵源。（清・丁日乾〈種桃詩〉，見鄧漢儀編選《天下名家詩觀初集》第四冊）

繭居族

衡門之下，可以棲遲，泌之洋洋，可以樂饑。（《詩經・陳風・衡門》篇）
萬緣放下出樊籠。（清・釋敏膺詩，見《香域自求膺禪師內外集》）

床

寢貴無想，氣和體平。（晉・蘇彥楠〈榴枕銘〉，見《藝文類聚》卷七十引）
興寢有節，適性和神。（後漢・張紘瓌〈材枕箴〉，見《藝文類聚》卷七十引）

書桌

人老骨頭枯，正好做工夫。（已成俗諺，見《中華諺語志》）

二 諧趣篇

福由讚歎生

福由讚歎生。（已成俗諺，見《古今俗語》。又荊川編《引古諺》）

點鴛鴦

鴛鴦異野鶩，鳳凰非山雞，物生各有偶，非偶不並棲。（元・趙文〈邯鄲才人嫁為廝養卒婦詩〉，見《青山集》）

誰最瀟灑

我獨樂有餘。（明・鄒元標〈雪中偶吟詩〉，見《鄒南皋集選》）

天才素描

死水不藏龍。（梁山緣觀禪師句，見《五燈會元》，又見清・彭紹升《觀河集》附〈儒門公案拈題〉引）

高材無貴位。（殷璠句，見趙世顯《芝園文稿詩談》引）

多材逢俗忌。（明・趙世顯《一得齋瑣言》，見《芝園文稿》卷二十七）

傻瓜素描

詩入秋風瘦有餘。（清・沈椒園〈秋懷詩〉，見《不敢居詩話》引）

四山花影下如潮。（清・王采薇句，見《不敢居詩話》引。采薇為孫星衍夫人，又見《清代閨閣詩人徵略》引）

白髮

一朝白骨數千里。（明・張獻忠號令，見明・李長祥《天問閣集》引）

自憐頭上蕭蕭髮，也共霜華較淡濃。（清・段學焕自題〈臨淵羨魚圖〉，見清・王錫祺編《山陽續詩徵》冊二引）

蹉跎復蹉跎，青絲易成雪。（清・魏錫曾〈鏡詩〉，見《績語堂詩存》）

白髮一莖無藥醫。（明・僧益脩〈閒居偶成詩〉，見明・趙諫編《東甌詩續集》引）

前朝白髮叟，據座說興亡。（清・曹釗〈感懷詩〉，見清・鄧漢儀《評選天下名家詩觀初集》引）

休言白髮存公道，畢竟愁人頂上多。（清・毛晉奎〈對鏡詩〉，見清・丁晏編《山陽詩徵》引）

欣賞下棋

殘局分明一著難。（清・錢謙益〈金陵觀棋詩〉，見《天下名家詩觀初集》引）

人心無算處，國手有輸時。（唐・裴說〈詠棋詩〉，見《佩文齋詠物詩選》引）

棋輸木頭在。（已成諺語，見邵懿辰《集杭諺詩》）

勝局能輸始是棋。（明・楊師孔〈胡星海垂翅歸來詩〉，見《秀野堂集》）

文化的警鐘

知事少時煩惱少，識人多處是非多。（脩山主偈詩，見明・徐卷石《頂門針》引）

東西方的看法

乞食詩卑品愈高。（清・李懿曾〈詠陶靖節詩〉，見《梧門詩話》卷四引）

老虎吞蝴蝶

老虎吞蝴蝶，田雞服惰氏。（已成諺語，見邵懿辰《集杭諺詩》）

文字的彈性

一春夢雨常飄瓦。（唐・李商隱〈重過聖女祠詩〉，見《玉谿生詩集》）

靈雨其蒙。（見《詩經》）

益之以霢霂。（見《詩經・小雅・谷風之什・信南山篇》）

但見雲來往，不知峰是非。（清・蘇孫瞻句，見法式善《梧門詩話》卷十二引）

櫻桃梅子撩愁眼，嘗盡甜酸過此生。（清・紐素高〈送春詩〉，見《清代閨閣詩人徵略》引）

說童謠

此時不算苦，二四加一五，紅花開滿地，那時才叫苦。（抗戰年間江西童謠，見朱鏡宙《夢痕記》引）

詩是預言

月影井中圓。（清・珍妃九歲作詩，見金梁《瓜圃述異》引）

身世無端又夕陽。（清・夏濂〈詠秋蟬詩〉，見《己卯叢書・梵麓山房筆記》引）

病久自知能不死，書來何意竟還家。（清・畢夢星〈歸自京師〉句，見鮑倚雲《退餘叢話》引）

滿袖清風一枕涼。（清・畢夢星之叔所作，見《退餘叢話》引）

畢竟茅墳勝花屋，此中留我尚多時。（清・洪午峰〈三十感懷詩〉，見《梧門詩話》卷一引）

妾心正似橋頭柳，不遇東風恨不深。（清・張粲〈晚春詩〉，見《大清詩因》引）

人生如戲

請看戲園場散後，幾多幻相尚存無？（清・莊復旦句，見《達觀堂詩話》引）

曹操奸詐多知己，關公義氣有仇人。（已成諺語，見《中華諺語志》）

開戲看奸臣，煞戲看忠臣。（已成諺語，見《中華諺語志》）

臺上一分鐘，臺下十年功。（已成諺語，見《中國諺語・山西篇》）

包青天

清心為治本，直道是身謀。秀榦終成棟，精鋼不作鉤。倉充鼠雀喜，草盡兔狐愁。史冊有遺訓，毋貽來者羞。（宋・包拯〈題端州郡齋壁詩〉，見《宋詩記事》卷第十一）

狗咬呂洞賓

三入岳陽人不識，朗吟飛過洞庭湖。（唐・呂嵒〈登岳陽樓貨藥不售詩〉，見《古今圖書集成》引）

牆頭草

牆上蒿，一句高一尺，回身視根株，知君不能直。
牆上蒿，三春獨綿延，若非年命促，那不愁刺天。
牆上蒿，結根當白日，寧待霜與霰，節枯由觸熱。
牆上蒿，乃界東西鄰，成陰苦無多，兩處欲市恩。（清・洪亮吉〈牆上蒿詩〉，見《卷施閣集》）

不管

朝裏官多做不了，世上利多取不了，古今書多讀不了，親戚事多管不了，閒是閒非聽不了，頻頻收拾身心好。（明・李臨川致仕家居自揭於門上警句，見明・沈師昌《餐勝齋集》引）

暑去休言暑，冬來始講寒。（宋・邵雍詩，見明・李詡《戒菴老人漫筆》引。自刻集為《安樂窩吟》）

一切煩惱，閉門自止，呼牛呼馬，不入於耳。（清・小浮山人〈閉門自訟詩〉，見《梵麓山房筆記》引，自刻集為《江山風月集》）

這也了時那也了，紛紛擾擾皆分曉。（清・林鑑堂〈安心詩〉，見尤乘《勿藥須知》引，編入《小石山房叢書》）

九喜

一局又一局，輸贏爭不歇。（明・呂維祺〈雜感詩〉，見《明德先生文集》）

油條的聯想

哀哉忠勇好頭顱，不值秦奸一尺劍。（明・傅汝舟〈宋少保岳飛詩〉，見《傅山人集》）

釣鉤的聯想

凡鱗不敢吞香餌，知是君王合釣龍。（見《唐書・李家明傳》）

凡魚不敢朝天子，萬歲君王只釣龍。（明・李徵〈洪武初金水橋釣魚失去綸餌應制詩〉，見清・丁晏編《山陽詩徵》引）

但得五湖明月在，何愁無處下金鉤。（見明・張鼐寶《日堂初集・離鉤說》引）

上鉤容易脫鉤難。（清・時慶萊〈題吳煥章垂釣小照〉詩，見《鐵石亭詩鈔》）

但休爭要路，不必入深山。（唐・白居易詩，見明・釋海觀《林樾集》引，原著本為《白香山詩集》）

無競以遊世，方知六宇寬。（明・陸寶〈偶述詩〉，見《悟香集》）

勇退偏能在急流。（明・陳肇曾〈過玉田贈余中拙先生詩〉，見《客塗閒詠》）

三　情趣篇

說嫉妒

不遭人忌是庸才。（已成常語，待查考）

不怕千人看，只怕一人見。（已成諺語，見明・楊德遵《雄飛集》引）

欲除煩惱須忘我，各有因緣莫羨人。（清・孫文愨公聯語，見徐一士《凌霄一士隨筆》引）

隱密的戀人

網得西施別贈人。（唐・李商隱〈病中訪招國李十將軍遇挈家遊曲江詩〉，見《玉谿生詩集》）

次要的選擇

庸庸多厚福，醜醜做夫人。（已成諺語，見邵懿辰《集杭諺詩》）

人間善緣

物大喉小吞不得，擔大肩小挑不得。（明・楊德遵《法語》，見《雄飛集》）

爭與讓

騎馬莫輕平地上，收帆好在順風時。（清・袁枚〈示兒詩〉，見《小倉山房詩文集》）

家有一爭子，勝有萬年糧。（已成俗諺，見明・曹端《曹月川集》引）

恩與怨

十日晴不厭，一日雨即憎。（本為諺語，清・施鴻保採為詩句，見《可齋集》）

一飽未為德，一餓生怨嗟。（清・姚燮〈托喻詩〉，見《復莊詩問》）

惠不在多在相當。（清・袁棟〈題雪中送炭圖〉，見《漫恬詩草》）

從來能報主，不在受恩多。（清・釋敏膺詩偈，見《香域自求膺禪師內外集》）

大恩與大怨，成我原無兩。（清・周拱辰〈覽古詩〉，見孔憲采編《雙溪詩匯》引）

聽臨終的話

身沾雨露心難死，肉委泥沙骨自香。（明・侯世祿〈絕命詞〉，見《民國新語》一卷五期引）

寸丹魂魄消將盡，化作寒煙總不磨！（明・左懋第〈就義詩〉，見《正誼雜誌》一卷三期引）

艱辛避海外，祗為數莖髮，於今事已矣，不復採薇蕨。（明・朱術桂〈絕命詩〉，見連橫《臺

灣詩乘》引）

忍死偷生廿載餘，而今罪孽怎清除？受恩欠債應填補，總比鴻毛也不如。（清・吳偉業〈臨終詩〉，見《梅村家藏稿》）

先我有天地，未與古人謀，後我有天地，我身不能留，天地自萬古，我身如蜉蝣……（清・蕭實疇〈臨危〉詩，本文未將原詩引出，見《達觀堂詩話》引）

看過蓮經萬四千，平生香火有因緣，西方自是吾歸路，風月同乘般若船。（宋〈蔣十八居士妻念二孺人臨終焚香頌〉，〈蔣十八頌〉本文中均未引出，見清・佚名編《海鹽樊志詩鈔》引）

心是主人身是舟，舟橫浪緊使人愁，而今登岸舟遺卻，明月清風任意遊。（清・錢肅凱〈臨終口號〉，見丁晏編《山陽詩徵》引）

生死既歷，炎涼備嘗，而今而後，孰短孰長，脫假木偶，丟臭皮囊，北山之宅，南山之陽。……雖假數年，總如一夕，勿須過傷，各思努力。（明・吳中行〈自輓〉四首，本文中原詩未引出，見《賜餘堂集》）

印證孤獨

寂寞生道心。（清・朱道文句，見《朱魯存先生遺集》）

名高閒不得，到處人爭識。（唐・盧綸詩，見《全唐詩》）

有福方能生亂世

有福方能生亂世。（清・李汝謙〈挽張之洞詩〉，見《凌霄一士隨筆》引）

烽火連三月，家書抵萬金。（唐・杜甫〈春望詩〉，見《杜工部詩》）

江南閒煞老尚書。（宋・張乖牧絕句，見宋・胡仔《苕溪漁隱叢話》引）

人生的苦境

雙斧伐孤樹。（已成諺語，《俗語考》謂典出《元史》，阿沙不花見武宗容色日悴，諫曰：麴糵是耽，姬嬪是好，是猶雙斧伐孤樹）

胭脂隊裏醉千場。（明・唐寅詩，見《唐伯虎全集》）

奔走六七年，率野歌虎兕，行行適吳會，三徑荒不理。（清・顧炎武〈元日重光赤奮若詩〉，見《亭林詩考索》）

南音土風

蠻歌跳月賀新婚，麻達成仙集一村，琴用嘴吹簫用鼻，大家歡唱老猫崙。（清・張涵中〈番社雜詠〉，見《鑒悔齋分體詩錄》）

夜來風雨過，疑是叩門人。（明・尼性空〈自感詩〉，見明・王淑端編《名媛詩緯初編》引）

戒賭

人言薄命是紅顏，我不紅顏命亦艱，留下青絲巾一幅，給郎觀看淚痕斑！（清・陸鑑明妻焦氏〈絕命詩〉，見《達觀堂詩話》引）

為人豈不惜餘生，我惜餘生勢不行，今日懸樑生死別，他年冥府敘離情。（同上）

雨林巡禮

巨鰲翻地軸。（清・王定夫〈洞庭遇雹詩〉，省「又疑」二字，見《達觀堂詩話》引）

蓬萊壓碎海波立。（同上）

詩仙堂的沉思

近有人從海上迴，海山深處見樓臺，中有仙龕藏一室，皆言此待樂天來！吾學空門不學仙，恐君此語是虛傳，海山不是吾歸處，歸則須歸兜率天。（唐・白居易〈客有說詩〉，見《白香山詩集》）

看京都，想咱們

南朝四百八十寺，多少樓臺煙雨中。（唐・杜牧〈江南春詩〉，見《樊川詩集》）

遊日感觸多

波臣流轉哭途窮，猶是低徊說故宮。（清・向德宏〈續懷人詩〉，見王蘧常《國恥詩話》引，

《近代史料》三十七冊）

南天四奇

風動花林生野火，池搖雲影度繁星。（明・朱之藩〈螢火詩〉，見《朱蘭嵎太史詠物詩》）
歷落親人冷，飄零出世輕。（清・錢澄之〈草堂四蛩詩〉，見《田間集不分卷》）
萬言雖萬當，不如一默佳。（清・釋敏膺詩偈，見《香域自求膺禪師內外集》）
春濃日永有佳處，睡味著人如蜜甜。（宋・陸游詩，見《陸放翁全集》）
還山古有萬千難。（清・范當世〈留別新綠軒詩〉，見《范伯子詩集》）

大洋洲印象

潔與富不並。（見明・霍韜《渭厓文集》卷十五引）

歐遊觀感

花應連夜發，莫待曉風吹。（相傳唐・武后時園吏作，屢見於敦煌殘卷）

養老之鄉

愛花即欲死。（唐・杜甫〈江畔獨步尋花七絕句〉之七，省「不是」二字，見《杜詩詳註》。
又明・宮永建有「杜老見花即欲死」句，見〈讀文介公詩〉）

四　理趣篇

名與利

人不忘名則自愛。（見明・譚元春《新刻嶽歸堂合集》自序）

學問在性命，事業在忠孝。（明末朱用純臨終句，見楊鳳苞〈朱柏廬紀略〉，收在《蓮渏文鈔》）

錢包與心事

金傍兩戈殺人多。（明・來膺薦〈愛錢歌〉，見明・佚名編《家珍錄》引，今存抄本存國家圖書館）

家貧詩料添。（明・沈承〈雜題詩〉，見《毛孺初先生評選即山集》）

窮自宜於詩。（明・徐象梅語，非詩，見《塞上詩草》序）

變

風雨如晦，雞鳴不已。（《詩經・鄭風・風雨篇》）

安身與立命

俗敝鬼神尊。（清・朱酉生詩，見《梵麓山房筆記》引，自刻詩集為《知止堂詩》）

差不多

水畏至清人忌察。(明・汪廷訥〈毀譽詩〉,見《坐隱先生集》)

空堂飽飯有棋聲,四角中央總不平,客去斂枰無一子,恨他黑白太分明。(清・金農〈對奕詩〉,見《冬心先生三體詩》)

處世忌分明。(清・阮鏞〈適意詩〉,見《醇雅堂詩略》)

米老從來不愛晴,畫山最怕是分明,近來識得分明害,又覺模糊學不成。(清・湯貽汾〈戲題自畫山水詩〉,見《琴隱園詩集》)

敬老

娛親只讀書。(明・周容〈閉門詩〉,見清・全祖望編《甬上續耆舊集》引)

子心不忘親,其親即不死。(清・楊淮〈旅夜紀夢詩〉,見清・桂中行編《徐州詩徵》引)

人子以孝名,乃非子之幸。(清・范廷魁詩,見《甬上續耆舊集》引)

孩笑無偽容,兒啼親大悅。(明・王久章〈大歡止稚子詩〉,見《山陽耆舊集》引)

事親如事心,常令安且悅。(明・曹于汴〈省躬詩〉,見《仰節堂集》)

清白不為兒女計,疏狂尚為國家憂。(明・劉亨泰〈易簀時〉句,見佚名編《海鹽樊志詩鈔》)

老驥雖伏櫪,終非市犬知。(明・夏言〈自儆吟〉,見《隱居放言》)

年輕的定義

群居易為歡，人生貴相見。（清・清揆〈消寒遣懷雜擬五古詩〉，見《了生集》）

好友如佳人，萬千不一得。（清・清揆詩句，見《了生集》）

補天有大石，瓦礫無須憂。（清・清揆詩句，見《了生集》。該集有著者手稿本十七冊，藏於臺北國家圖書館善本室）

心欲使之安，尤須專所寄。（清・時慶萊〈知心二十韻詩〉，見《鐵石亭詩鈔》）

說迷信

刺血抄經奈若何？十年依舊一頭陀。袈裟未著言多事，著了袈裟事更多！（宋・楊萬里〈贈頭陀詩〉，見《誠齋集》）

且將萬事付模糊。（清・湯貽汾〈醉詩〉，見《琴隱園詩集》）

熟能生拙

自闢千秋新世界。（清光緒元年建延平郡王祠，無名氏聯語中句：「支持半壁舊山河，自闢千秋新世界」，見江庸《趨庭隨筆》引）

丈夫自有沖天志，不向前人行處行。（明・張鼐文中引前人詩，見明・陸雲龍《翠娛閣評選十六名家小品》。疑此為明・黃端伯〈題禮記詩〉，見《瑤光閣文集》）

囹圄為福堂

囹圄為福堂。（明・楊光訓〈為趙統驪山集引〉舉昔人云句）

心日灑然塵世外，誤看囹圄作蓬萊。（明・楊爵〈獄中詩〉，見明・劉兌編《頻陽四先生集》引）

此時正可親聖賢，嚴訓勤奉敢廢歟？（明・楊文琦〈題獄壁詩〉剩句，見清・全祖望編《甬上續耆舊集》引）

盛名無完人

眼前多好人。（明・張鼐〈座右銘〉，見《寶日堂初集》）

惜花人少妒花多。（清・吳騫〈歸懋儀惜花小憩圖詩〉，見《拜經樓詩集》）

盛名無完人。（清・清揆〈消寒遣懷雜擬詩〉，見《了生集》）

譬之昨日死

山僧有一語，世人不喜聞，譬之昨日死，萬事如浮雲。（曉青和尚〈效寒山詩〉七十二首之一）

人不可無……

最高峰上轉身難。（清・時慶萊〈偕陸鳳游雲隱寺登韜光詩〉，見《鐵石亭詩鈔》）

亂在人心治最難

品流不一求官易，國士無雙覓食難。（清・鄭獻甫〈歲除無事偶成詩〉，見《補學軒詩集》）

亂在人心治最難。（清・金武祥〈首夏述懷詩〉，見《淮孫詩草》）

寫作的條件

高位紛紛誰得志？窮途往往始能文。（宋・王安石詩，見《箋註王荊文公詩》）

詩人的快樂

此月一輪滿，清光何處無。（南唐僧〈賦中秋月詩〉，見明・嚴書開《嚴逸山先生文集》引）

詩人十日九必歌，要以詩魔驅愁魔。（清・楊長年〈題蜨仙阮二詩集〉，「詩人」原作「阮郎」，見《妙香齋集》）

三日無詩自怪衰。（宋・陸游〈五月初夏病體輕偶書詩〉，見《陸放翁全集》）

把卷但思惜此日，著書寧用計千秋。（清・夏仁虎詩，見《嘯盦詩存》）

作家的驕傲

千首詩輕萬戶侯。（唐・杜牧〈登池州九峰樓寄張祜詩〉，見《全唐詩》）

思入如中病，吟成勝拜官。（清・李懷民〈訂唐人主客圖既成有感詩〉，見《高密二李先生稿》，即《二客吟》，鈔本今藏國家圖書館善本室）

花綻逢良友，詩成勝好官。（清・吳紹甲〈偶然作詩〉，見《雪心詩鈔》，收於《海豐吳氏詩存》中，鈔本藏國家圖書館善本室）

文高不死死猶生。（唐・雍陶詩，見《全唐詩》）

人間真壽有文章。（明・沈君烈詩，見《媚幽閣文娯》引，全詩已見〈詩是智慧篇〉）

作家與土壤

君問終南山，心知白雲外。（唐・王維詩，見《王右丞集》）

傑出卓然天壤間。（明・張重華語，非詩，見《滄漚集》）

難醫最是狂吟病

拈筆詩成首首新，興來豪叫欲攀雲，難醫最是狂吟病，我恰才痊又到君。（元・僧圓至〈贈僧魁天紀詩〉，見《元詩紀事》）

八面受敵成大家

八面受敵成大家。（宋・蘇軾云「八面受敵」，清・樊增祥云：「八面受敵而成大家」，非詩，見《樊山集》）

易世而始章。（清・梁啟超語：「文章真價，必易世而始章。」非詩，見《秋蟪吟館詩鈔》序）

舊詩的困境

馬蹄花影隔溪來。（明・何孟春〈無題詩〉，見《燕泉集》）

熱淚惜殘燭，半死憐爨桐。（清・黃景洛詩，見《黛山樓詩存》）

故事性

橋頭三叔公。（已成諺語，見清・邵懿辰《集杭諺詩》）

著書很無聊

骨傲怕隨齊首唱，價高休作及時粧。（清・孫江〈感懷詩〉，見清・陸貽典編《虞山詩約》引）

說幽夢影

芳魂時問影，幽夢欲分身。（明・謝廷讚〈梅谿道中詩〉，見《霞繼亭集》）

陸游三癡

三日無詩自怪衰。（宋・陸游〈五月初夏病體輕偶書詩〉，已見《詩人的快樂》引）

一腔忠愛心，有觸便傾吐。（宋・陸游詩，見《陸放翁全集》，並見《詳註劍南詩鈔》前《陸游年譜》）

不須強預國家憂。（同上）

乞傾東海洗胡沙。（同上）

一聞戰鼓意氣生，猶能為國平燕趙。(同上)
王師北定中原日，家祭無忘告乃翁。(同上)

三民叢刊書目

㉖作家與作品　謝冰瑩著
㉗冰瑩書信　謝冰瑩著
㉘冰瑩遊記　謝冰瑩著
㉙冰瑩憶往　謝冰瑩著
㉚冰瑩懷舊　謝冰瑩著
㉛與世界文壇對話　鄭樹森著
㉜捉狂下的興嘆　南方朔著
㉝猶記風吹水上鱗
・錢穆與現代中國學術　余英時著
㉞形象與言語
・西方現代藝術評論文集　李明明著
㉟紅學論集　潘重規著
㊱憂鬱與狂熱　孫瑋芒著
㊲黃昏過客　沙　究著
㊳帶詩蹺課去　徐望雲著
㊴走出銅像國　龔鵬程著
㊵伴我半世紀的那把琴　鄧昌國著
㊶深層思考與思考深層　劉必榮著
・轉型期國際政治的觀察
㊷瞬　間　周志文著
㊸兩岸迷宮遊戲　楊　渡著
㊹德國問題與歐洲秩序　彭滂沱著
㊺文學關懷　李瑞騰著
㊻未能忘情　劉紹銘著
㊼發展路上艱難多　孫　震著
㊽胡適叢論　周質平著
㊾水與水神　王孝廉著
・中國的民俗與人文
㊿由英雄的人到人的泯滅　金恆杰著
・法國當代文學論集
51重商主義的窘境　賴建誠著
52中國文化與現代變遷　余英時著
53橡溪雜拾　思　果著
54統一後的德國　郭恆鈺主編
55愛廬談文學　黃永武著
56南十字星座　呂大明著
57重疊的足跡　韓　秀著
58書鄉長短調　黃碧端著
59愛情・仇恨・政治　朱立民著
・漢姆雷特專論及其他

⑥⓪蝴蝶球傳奇　顏匯增著
・真實與虛構
⑥①文化啓示錄　南方朔著
⑥②日本這個國家　章　陸著
⑥③在沉寂與鼎沸之間　黃碧端著
⑥④民主與兩岸動向　余英時著
⑥⑤靈魂的按摩　劉紹銘著
⑥⑥迎向眾聲　向　陽著
・八〇年代臺灣文化情境觀察
⑥⑦蛻變中的臺灣經濟　于宗先著
⑥⑧從現代到當代　鄭樹森著
⑥⑨嚴肅的遊戲　楊錦郁著
・當代文藝訪談錄
⑦⓪甜鹹酸梅　向　明著
⑦①楓　香　黃國彬著
⑦②日本深層　齊　濤著
⑦③美麗的負荷　封德屏著
⑦④現代文明的隱者　周陽山著
⑦⑤煙火與噴泉　白　靈著
⑦⑥七十浮跡　項退結著
・生活體驗與思考
⑦⑦永恆的彩虹　小　民著
⑦⑧情繫一環　梁錫華著
⑦⑨遠山一抹　思　果著
⑧⓪尋找希望的星空　呂大明著
⑧①領養一株雲杉　黃文範著
⑧②浮世情懷　劉安諾著
⑧③天涯長青　趙淑俠著
⑧④文學札記　黃國彬著
⑧⑤訪草（第一卷）　陳冠學著
⑧⑥藍色的斷想　陳冠學著
・孤獨者隨想錄
⑧⑦追不回的永恆　彭　歌著
A・B・C全卷
⑧⑧紫水晶戒指　小　民著
⑧⑨心路的嬉逐　劉延湘著
⑨⓪情書外一章　韓　秀著
⑨①情到深處　簡　宛著
⑨②父女對話　陳冠學著

93 陳冲前傳　嚴歌苓著
94 面壁笑人類　祖　慰著
95 不老的詩心　夏鐵肩著
96 雲霧之國　合山　究著
97 北京城不是一天造成的　喜　樂著
98 兩城憶往　楊孔鑫著
99 詩情與俠骨　莊　因著
100 文化脈動　張　錯著
101 桑樹下　繆天華著
102 牛頓來訪　石家興著
103 深情回眸　鮑曉暉著
104 新詩補給站　渡　也著
105 鳳凰遊　李元洛著
106 文學人語　高大鵬著
107 養狗政治學　鄭赤琰著
108 烟　塵　姜　穆著
109 河　宴　鍾怡雯著
110 滬上春秋　章念馳著
111 愛廬談心事　黃永武著
112 吹不散的人影　高大鵬著
113 草鞋權貴　嚴歌苓著
114 是我們改變了世界　張　放著
115 夢裡有隻小小船　夏小舟著
116 狂歡與破碎　林幸謙著
117 哲學思考漫步　劉述先著
118 說　涼　水　晶著
119 紅樓鐘聲　王熙元著
120 寒冬聽天方夜譚　保　真著
121 儒林新誌　周質平著
122 流水無歸程　白　樺著
123 偷窺天國　劉紹銘著
124 倒淌河　嚴歌苓著
125 尋覓畫家步履　陳其茂著
126 古典與現實之間　杜正勝著
127 釣魚臺畔過客　彭　歌著
128 古典到現代　張　健著
129 帶鞍的鹿　虹　影著
130 人文之旅　葉海煙著

131 生肖與童年　小民著　喜樂圖
132 京都一年　林文月著
133 山水與古典　林文月著
134 冬天黃昏的風笛　呂大明著
135 心靈的花朵　戚宜君著
136 親戚　韓秀著
137 清詞選講　葉嘉瑩著
138 迦陵談詞　葉嘉瑩著
139 神樹　鄭義著
140 琦君說童年　琦君著
141 域外知音　張堂錡著
142 遠方的戰爭　鄭寶娟著
143 留著記憶・留著光　陳其茂著
144 滾滾遼河　紀剛著
145 王禎和的小說世界　高全之著
146 永恆與現在　劉述先著
147 東方・西方　夏小舟著
148 嗚咽海　程明琤著
149 沙發椅的聯想　梅新著
150 資訊爆炸的落塵　徐佳士著
151 沙漠裡的狼　白樺著
152 風信子女郎　虹影著
153 塵沙掠影　馬遜著
154 飄泊的雲　莊因著
155 和泉式部日記　林文月譯・圖
156 愛的美麗與哀愁　夏小舟著
157 黑月　樊小玉著
158 流香溪　季仲著
159 史記評賞　賴漢屏著
160 文學靈魂的閱讀　張堂錡著
161 抒情時代　鄭寶娟著
162 九十九朵曇花　何修仁著
163 說故事的人　彭歌著
164 日本原形　齊濤著
165 從張愛玲到林懷民　高全之著
166 莎士比亞識字不多？　陳冠學著
167 情思・情絲　龔華著

⑰⑤ 談歷史　話教學

張元　著

作者以二位高一新生對歷史課程的困惑為引子，藉著師生座談對話的方式，從北京人時代到西晉，針對高中歷史教材，試圖以「史料閱讀」的方法鮮明地建構各代的歷史圖像，在活潑的對白間既談歷史意涵又話歷史教學，相當適合高中教學的參考。

⑰⑥ 兩極紀實

位夢華　著

任何人想要親臨兩極之地恐怕都不是件容易的事。作者因從事研究工作之便，足跡跨越兩極，將在極地所見所聞之動物奇觀、自然景致乃至當地所受文明衝擊，或以幽默輕鬆，或以深沈關懷的筆調娓娓道來，是無緣親至極地的讀者絕不可錯過的佳作。

⑰⑦ 遙遠的歌

夏小舟　著

世上只有兩種人，男人和女人。然而男女之間的恩愛情仇，卻糾葛難解。本書作者以一篇篇幽默的短篇故事，道盡世間男女的愛恨嗔痴。在她細膩委婉的筆下，愛情的本質和婚姻的面貌都一一呈現，必可帶給你前所未有的感受與體悟。

⑰⑧ 時間的通道

簡宛　著

「人生，是一條時間的通道，每一個人所走的方向和目標雖然不一樣，但是經過的路程卻是相似的……」當人們沈溺於歲月不待人的迷茫和感嘆時，作者平實的筆調將帶著我們對生活多用一點心思和一點執著，會使我們的「通道」裏，留下一點痕跡。

⑰ 燃燒的眼睛

簡宛 著

作者以自身多年來在美國的異域生活為背景，輔之敏銳的觀察力、豐富的情感、濃郁深摯的筆調，從而幻化出一篇篇感人肺腑的故事。尤其對於旅居海外異鄉遊子們的心境描寫更是深刻動人，是一本值得再三玩味的小說。

⑱ 月兒彎彎照美洲

李靜平 著

沒來美國時還不知那生活啥款；來了才知樣——啊！真夭壽！來到美國，是穿梭在黑白紅黃人群間；或在房裡看華語電視？是在壁爐邊吃耶誕大餐；還是窩伴著一桌熱火鍋？在忙碌的陽光下，可想起夜空裡一彎新月？月兒彎彎，訴說的又是誰的故事？

⑱ 愛廬談諺詩

黃永武 著

諺詩，是指用諺語聯成的詩，由於聯接巧妙加上意外組合，因此往往會有不可料想的妙趣出脫。如捉豬上板櫈，走馬看天花；成人不自在，做鬼也風流，等等。本書將帶你悠遊中國式幽默，探索諺語的源頭，喜愛好書的你，可千萬不能錯過！

⑱ 劉真傳

黃守誠 著

劉真，一位自四十年代開始影響國內教育最鉅的教育家。本書自劉真先生家學淵源寫起，隨著時間軌跡，記錄了他如何在風雨飄搖的年代裡為教育此類百年大業做出努力；因此雖然本書為劉真先生個人傳記，卻同時也是了解現今教育體制的最佳參照。

⑱③ 天涯縱橫

位夢華 著

以兩極生態氣候的研究為基礎，作者建構了此書的論理與想像世界。內容從極地景致、開拓艱辛及天文物理觀念，引申至有關宇宙天人及環保的許多想法，包容科學與文學，兼具知性與感性。讓您在該諧而深切的筆調中，激發對地球的關懷與熱愛。

⑱④ 新詩論

許世旭 著

中國詩歌，無論新舊，是一座甘泉，若不掬飲，口渴神焦，……。作者係韓國人士，長年沈浸在中國文學之中，對於在中國新詩的源起及兩岸新詩風格的異同，均有獨到而精闢的見解。是讀者拓寬視野，更深入了解中國新詩之發展所必備的好書。

⑱⑤ 天 譴

張 放 著

「一不埋怨天，二不埋怨地，只是咱家命不濟，生長在這亂世裡。」于祥生，一位山東流亡學生，民國三十八年隨政府搭乘濟和輪來到澎湖，卻萬萬沒料到會遭逢一場史無前例的政治騙局，他的人生、情愛就在這時代悲劇與宿命的安排下，無奈地上演。

⑱⑥ 綠野仙蹤與中國

賴建誠 著

一本融和理性與感性的著作，以經濟分析的專業素養，將關懷的筆觸，延著供需曲線帶進閱讀的天空。那一篇篇翔實的數據，是驗證生活的另一種形式；那一篇篇雋詠的小品，則是理性思維的靠墊。不管你來自士農工商，本書都能提供一場知性洗禮。

⑱ 標題飆題

馬西屏 著

一個出色的報紙標題不僅要精簡準確地傳達新聞訊息，更要能表現文字的優美和趣味，這可是一門藝術。近年來報紙解禁，各種充滿巧思創意的標題紛紛跳上版面，等著要攫取你的注意。小心！一場報刊標題的革命正在編輯枱上悄悄進行……

⑱ 詩與情

黃永武 著

詩以情為主，作者長期浸淫於古典情詩，擷採珠玉，編綴出男女的愛情、家人的親情、入世的世情與出世的忘情種種世態人情。文中所引，首首如新摘茶筍，簇新可喜，且解說精要，切緊詩旨，能帶給您全新的視野與怡然的感受。

⑲ 鹿 夢

康正果 著

從大陸西安到新大陸東岸的小鎮，不同的國度有著不同的風土民情，但在作者細膩的心思與敏銳的觀察力之下，它們之間起了微妙的關聯。長期旅居海外的作者，將他生活中的點點滴滴，轉化成一篇篇清雅的散文精品，將讓您領會閱讀的雋永與甘美。

⑲ 蝴蝶涅槃

海 男 著

「一個生活在舊時代的女人，她生活在男人之中不如說是生活在戰爭之中，她生活在戰爭之中不如說是生活在蝴蝶之中。一個生活在蝴蝶之中的穿中國旗袍的女人，其靈魂終究會像蝴蝶一樣四處飛翔。」而她的歸宿，竟在何方？

⑲半洋隨筆

林培瑞　著

本書是林培瑞教授一篇篇關於他對中國的研究、感想、社論、訪問等合集。作者熱愛中國文化，對當代中國的社會、政治、文學、藝術等無不關心；綠眼黃髮，是位十足的「洋人」，但他對中國的關懷，無不流露在字裡行間，值得我們細細品味與深思。

⑲沈從文的文學世界

王繼志
陳　龍　著

沈從文，一個身處於三〇年代的作家，如何在這動盪的中國社會環境中，發揮自己創作及人格上的獨特性，以享有「中國的大仲馬」的美譽呢？作者由政治學、社會學、美學等多種不同角度切入，帶領我們逐步探索沈從文謎一般的文學世界。

⑲送一朵花給您

簡　宛　著

本書作者自離臺赴美留學後，便長期旅居美國，迄今已逾二十年。書中有著許多海外生活的點滴，又有往來中國大陸、美國、臺灣所觀察到的各種社會現狀，有針砭亦有從關懷出發的諄諄叮嚀，使得全書層次豐富，文趣盎然。

⑲波西米亞樓

嚴歌苓　著

作者為生於上海、旅居海外的優秀作家。本書除蒐羅其在美生活點滴、寫作歷程及心得，更有對書作、電影之所感所懷。洗鍊的文筆、豐華的文采，加之發自心靈深處的感動，這一篇篇雋永、情摯的佳作，縮短了作者與讀者間的距離。

⑲⑤ 化妝時代

陳家橋 著

陳，在一次陌生人闖入的情形下，成為一個殺人的疑犯，他必須找尋凶手，找尋這個和他打扮一樣的陌生人；就在他從化妝師那尋找線索時，他落入一個如真似幻的情境，在無法自拔時，他被指為瘋子，被控謀殺，他要如何去面對這一切的問題……。

國家圖書館出版品預行編目資料

詩與情／黃永武著. --初版. --臺北市
：三民，民87
面；　公分. --(三民叢刊；188)
ISBN 957-14-2915-5 (平裝)

1. 中國詩-歷史與批評

821.8　　87012374

網際網路位址　http://www.sanmin.com.tw

著作人　黃永武
發行人　劉振强
著作財產權人　三民書局股份有限公司
臺北市復興北路三八六號
發行所　三民書局股份有限公司
地　址／臺北市復興北路三八六號
電　話／二五〇〇六六〇〇
郵　撥／〇〇〇九九九八——五號
印刷所　三民書局股份有限公司
門市部　復北店／臺北市復興北路三八六號
重南店／臺北市重慶南路一段六十一號
初　版　中華民國八十七年十一月
編　號　S 85443
基本定價　叁元捌角
行政院新聞局登記證局版臺業字第〇二〇〇號

ISBN 957-14-2915-5 (平裝)